Anne Serre

Einer reist mit

Roman

Aus dem Französischen
von Patricia Klobusiczky

BERENBERG

Im Juli 2015 erhielt ich per Mail eine Einladung von Hélène Brigand, Vorsitzende des Vereins »Lettrines«, am zehnten Literaturfestival in Montauban teilzunehmen, das vom 20. bis 25. November stattfinden würde. Ehrengast des Festivals war die Schriftstellerin Inès Delattre, und in dieser Eigenschaft bat sie einige ausgewählte Autoren, dort mit ihr zu diskutieren. Ich kannte Inès Delattre kaum. Wir waren uns 2010 einmal begegnet, im Rahmen des Projekts »Die kleine gelbe Mauerecke«, bei dem ein Dutzend Schriftsteller und Schriftstellerinnen sich von einem im Louvre ausgestellten Kunstwerk zu einer Erzählung anregen lassen sollten. Anlässlich der Lesung unserer Texte im Auditorium des Museums hatten wir uns flüchtig gesehen, und ihr Gesicht, ihre Figur, ihre ganze Erscheinung hatten mir gut gefallen. Auf mich wirkte sie witzig und geistreich, was sich später bei der Lektüre ihrer Werke bestätigte. Also nahm ich die Einladung von Hélène, die in Wahrheit eine Einladung von Inès war, ohne zu zögern an und bereitete mich am 23. November darauf vor, am nächsten Tag nach Montauban zu reisen.

Ich stehe nicht gern früh auf. Seit nunmehr zehn Jahren bleibe ich so lange liegen, wie ich möchte, gut und gern bis neun, aber vor allem schätze ich einen ruhigen Vormittag ohne jede Störung. Wenn nichts Besonderes ansteht wie diese Reise nach Montauban mit einem Zug, der um halb neun abfährt, stelle ich mir nie den Wecker. Ich beende meine Träume gern ganz entspannt im Halbschlaf, bevor ich einen Fuß auf den Boden setze. Danach mache ich mir Kaffee und hänge dabei meinen Gedanken nach, ehe ich meinen Computer einschalte, oft ohne die Vorhänge in meinem Arbeitszimmer aufzuziehen, trinke meinen Kaffee, drei bis vier Tassen, esse zwei Stück Zwieback, während ich meine Mails lese, rauche ganz schnell eine Zigarette, dann zwei, dann drei. Ich bin morgens sehr gern allein zu Hause, denn wie Walser sagte, ist es »die Zeit der Unternehmung«, auch wenn ich in Wahrheit meistens nicht so viel unternehme, aber ich versinke in meinen Träumen, und das ist, wie der mexikanische Romancier Juan Torres meinte, »der Fluss der Wiedergeburt«.

Bevor ich mich zu einer literarischen Veranstaltung aufmache, erliege ich am Vorabend fast der immer gleichen Versuchung: mich davor zu drücken. Jedes Mal überlege ich mir zehn verschiedene Ausflüchte, und in einem von zehn Fällen suche ich mir eine aus und sage in letzter Minute ab, auf so dramatische Weise, dass alle Welt mir glaubt, sogar ich selbst. Meine Mutter sei gerade gestorben, mein Sohn (ich bin kinderlos) sei schwer erkrankt, ich hätte entsetzliche Rückenschmerzen (diese Ausrede verwende ich aber nur im Extremfall, denn ich bin abergläubisch), gleich komme ein Klempner, um meinen kurz vor der Explosion stehenden Boiler zu reparieren. Aber ich kann mich nicht immer drücken, zumal das gar keinen Sinn hätte: Ich schreibe, also muss ich öffentlich auftreten, heutzutage ist es nicht möglich, zu schreiben, ohne öffentlich aufzutreten. Und so gehe ich in acht oder neun von zehn Fällen tapfer hin, wie ein Soldat oder besser wie eine Schülerin, denn daran erinnert mich der frühe Morgen, wenn ich um acht das Haus verlasse und einer Menge Leute begegne, die zur Arbeit gehen: an die unendlich ferne Zeit, als ich »die Schule besuchte« und auf die Straße trat, obwohl es noch nicht richtig Tag war.

Wie jedes Mal war ich auch versucht, mich vor Montauban zu drücken. Am 23. war ich versucht, meine Mutter sterben zu lassen, wie schon zehn Mal geschehen (und da ich zwölf gewesen war, als sie starb, durfte ich diesen Trumpf nach so vielen Jahren wohl ungeniert ausspielen), doch zugleich lockte mich Montauban, wegen der so reizenden Einladung von Inès, und die Pyrenäen lockten mich wegen des Chansons *Mes jeunes années* von Charles Trenet. Wenn ich Charles Trenet singen höre, »Mes jeunes années courent dans la montagne«, meine Jugend läuft in den Bergen, breche ich in Tränen aus, was meinen Lebensgefährten rührt, aber ich habe meine Jugend nun mal auch in den Bergen verlebt, zumindest im Sommer, nicht in den Pyrenäen, sondern in der Auvergne, genauer gesagt im Cantal, trotzdem verfehlt das Chanson nie seine Wirkung. Also sagte ich nicht in letzter Minute ab, sondern stand in dieser durch und durch traurigen Stimmung des um sechs Geweckt-Werdens auf, denn so früh, zu nachtschlafender Zeit geweckt zu werden, erinnert mich unweigerlich an ein anderes Geweckt-Werden. In einer Dezembernacht waren wir lange vor dem Morgengrauen in Bordeaux losgefahren, um Ruysen-Montagnes im Cantal zu erreichen, wo meine Mutter begraben werden sollte, und davon abgesehen, dass das Auto meines Wissens keine Heizung hatte, befand ich mich wegen der Niedergeschlagenheit meines Großvaters mütterlicherseits, der am Steuer saß, und der Erschütterung meines Vaters auf dem »Totensitz« in einer »eisigen Finsternis, aus der ich niemals herausgefunden habe«, wie Ricardo Pirez in jenem Roman schreibt, den er seinem viel zu früh verstorbenen Bruder Adriano Pirez gewidmet hat.

An diesem 24. November war es morgens aber weder so finster noch so eisig, und so verließ ich meine Wohnung immerhin mit einem Hauch von Vorfreude, weil ich Inès wiedersehen und an einem Literaturfestival teilnehmen würde, wo ich, erst einmal angekommen, sicher so weit zufrieden wäre wie bei jedem kollektiven Anlass, der mir ein wenig Anerkennung bringt. Offenbar würde man über meinen letzten Roman reden, der vor gut einem Jahr erschienen war, besser gesagt würde vor allem ich darüber reden müssen, indem ich die Fragen eines »Moderators« beantwortete. Ich hatte diesen Moderator gegoogelt, und er machte auf mich einen sympathischen Eindruck. Der Roman von vor gut einem Jahr war mir nicht mehr ganz präsent, erst recht, da ich just mit einem neuen begonnen hatte, der gewissermaßen dessen Fortsetzung bilden sollte. In meiner Vorstellung verschmolzen beide, daher hatte ich am Vorabend, also am 23. November, in meinem letzten Roman geblättert und ihn quergelesen, um ihn mir in Erinnerung zu rufen. Allmählich wurde er für mich zu einem »alten toten Ding«, wie meine Freundin Rita Desiderio ihren eigenen letzten Roman in einer Mail bezeichnete, die sie mir zwei Tage zuvor geschrieben hatte.

In meiner Reisetasche, einer schlichten Leinentasche, die ich vor mehr als zwanzig Jahren in Begleitung eines Geliebten in Aubusson erstanden hatte und stets bei solchen Kurzreisen verwendete, da sie nach wie vor nicht die geringsten Gebrauchsspuren aufwies, steckte außerdem der letzte Roman von Inès, den ich im Zug wieder anlesen wollte, um auch ihn besser präsent zu haben. Überdies hatte ich, das aber als Lebens-Mittel, einen der letzten Romane von Enrique Vila-Matas dabei, *Kassel: eine Fiktion*, den ich wie alle seine Bücher so gierig und so schnell gelesen hatte wie ein TGV, der durch die Landschaft pflügt. Seine Romane erfüllten mich mit einer solchen Freude, Energie, Zuversicht und Bereitschaft, mich mit der Welt und meinen Nächsten zu versöhnen, dass ich sie immer in Höchstgeschwindigkeit verschlang und dabei bedauerte, nicht ruhiger, gemessener, achtsamer zu sein und mir nicht die Zeit zu nehmen, sie mit Anmerkungen zu versehen, über jeden Absatz, jede Passage zu brüten. Ich war selbst der Meinung, dass meine Lektüre seiner Werke immer eine Art von Vergeudung war, denn ich las sie zu schnell, übersprang vermutlich sogar mehrere Sätze, so sehr entsprach diese Nahrung meinen Bedürfnissen, und so preschte ich entzückt vor, um mich zu vergewissern, dass auch nach zehn, nach fünfzig, nach hundert, nach zweihundert Seiten die Kunst von Enrique Vila-Matas meine liebste Kunst blieb, diejenige, die sich meinem Verlangen am besten fügte.

Ich gehe immer sehr frühzeitig aus dem Haus, wenn ich irgendwo verabredet bin, und erst recht, wenn ich mit dem Zug oder Flugzeug reisen muss. Sehr häufig treffe ich eine Stunde zu früh ein und nie nutze ich sie, um etwas Interessantes zu tun, ich koste lediglich die Zufriedenheit aus, so zeitig da zu sein. Als Jugendliche war ich ohne Frage immer gehetzt, es gab zu Hause so viele Notfälle, ständig, dass ich es schließlich leid war und mir vornahm, eines Tages, sofern möglich, alles so zu organisieren, dass mir diese Herzrasen verursachenden Notfälle künftig erspart blieben. Und so gehe ich alles äußerst gemächlich an und achte dabei auf jeden Umstand, der zu einer Verzögerung führen könnte, sodass ich ganz konzentriert wirke, als hätte ich gleich einen sehr wichtigen Termin. Nachdem ich meine Tasche gepackt hatte, die nur meine Unterlagen, einen Kulturbeutel und ein Nachthemd enthielt, für die eine Hotelübernachtung in Montauban, sowie ein Kleid für die abendliche Publikumsveranstaltung, stieg ich meine fünf Stockwerke hinab, wie vor jeder Reise mit dem Zug oder Flugzeug in der Hoffnung, keinem Nachbarn und keiner Nachbarin zu begegnen, die von mir ein paar höfliche Worte erwarten würden.

Montauban ist nicht Caracas, sagte ich mir, wie ich mir immer sage, Angers ist nicht Peru oder Lyon nicht das Ende der Welt, während ich also mit Weile, aber äußerst konzentriert zum Bahnhof eilte, nur um mir bewusst zu machen, dass es kein Drama wäre, sollte ich wider Erwarten meinen Zug verpassen, da meistens noch ein späterer Zug fährt. Aber in gewisser Hinsicht ist Montauban Caracas für mich, wie Angers Peru ist oder Lyon eine Art Patagonien. In seinem Roman *Äther* schreibt Ignacio Recardo, dass Zugreisen, beziehungsweise die Strecke von seinem Zuhause zum Bahnhof von Mendoza, ihn, vor allem, wenn er sie allein zurücklegt, immer in eine »entsetzliche Melancholie stürzen, als hätte er gerade Vater und Mutter verloren und als führten im Grunde alle Reisen zu einem Begräbnis«. Ich fühle mich Ignacio verbunden, denn selbst wenn ich für die Ferien in die Auvergne fahre, wie ich es regelmäßig und mindestens jeden Sommer tue, wird mir beim Aufbruch das Herz schwer, als trennte ich mich vom Leben; so ergeht es auch meinem Freund Mark, der das Problem praktisch gelöst hat, indem er Paris so gut wie nie verlässt.

In der Halle des Bahnhofs Montparnasse stieß ich unversehens auf Brigitta, die ich seit zwei oder drei Jahren nicht mehr gesehen hatte, weil sie inzwischen in Berlin lebte und ich nie dorthin fuhr. Unter ihre kurzen Jacke aus orangebraunem Leder trug Brigitta eine gewagte gelbe Bluse, die ihr sehr gut stand; sie hatte schon immer ein großartiges Stilgefühl, und das rief mir die Zeit in Erinnerung, als wir alle auf Capri Urlaub machten (die sehr ferne Zeit unserer jugendlichen »Freundesbande«) und sie barfuß in einem altmodischen Nachthemd herumlief, zum Staunen der Italiener und der Touristen. Brigitta, die gerade einen Roman auf Deutsch veröffentlicht hatte, da sie in beiden Sprachen schrieb, »Französisch fürs Gefühl und Deutsch auch fürs Gefühl«, sagte sie, wenn man sie unermüdlich fragte, warum ihre Wahl auf diese oder jene Sprache gefallen war, fuhr ebenfalls nach Montauban, mit demselben Zug wie ich und vermutlich im selben Wagen, weil das Festivalteam die Reservierungen vorgenommen und bestimmt alle Gäste des Tages in einem Abteil versammelt hatte. Ich freute mich über das Wiedersehen mit Brigitta, wäre aber lieber allein gereist und sie wohl auch, daher fiel dieses Wiedersehen etwas verkrampfter aus, als wenn es bei gemeinsamen Freunden stattgefunden hätte. Ihren letzten Roman, *Die Welt von tomorrow*, hatte ich noch nicht gelesen, denn ich verstehe kein Deutsch (das englische Wort im Titel war ein Augenzwinkern), und er war bisher nicht ins Französische übersetzt, aber mir gefielen alle Romane von Brigitta, die mich gelegentlich, bei aller Einzigartigkeit, an die von Herta von Rett oder sogar an manche Romane von Okiewicz erinnerten. »Wir stammen aus dem gleichen Stall«, sagte sie ohne falsche Bescheidenheit, aber sie tat ja gut daran, nicht allzu bescheiden zu sein, denn ihr äußerst raffiniertes Werk ist wirklich fesselnd.

Zwar reiste ich lieber allein, aber nicht etwa aus Furcht, dass Brigitta mich langweilen würde. Sie war interessant und das Gespräch mit ihr immer ein Vergnügen. Ich reise nur generell nicht besonders gern in Begleitung, weil ich beim Reisen nicht gern rede, vor allem morgens nicht. Wie mein alter Freund Giacinto Scelsi, der italienische Komponist, den ich während einer Romreise mit zwanzig kennengelernt hatte und der am 8.8.88 gestorben war, weil die 8 in seinem Leben und seiner Bestimmung stets eine bedeutsame Rolle spielte, redete ich morgens zunehmend weniger. Giacinto hatte sich sogar entschieden, nicht vor drei Uhr nachmittags zu reden, aber da war er achtzig. Wenn man also bei ihm in der Via San Teodoro 8 wohnte, wie ich es jedes Mal tat, wenn ich ihn in Rom besuchte, stand einem der ganze Vormittag, das Mittagessen und der frühe Nachmittag zur freien Verfügung, bevor man ihn gegen fünfzehn Uhr aufsuchte, und dann durfte er das Gespräch beginnen, mit seiner klangvollen Stimme, die anmutig das »r« rollte und ebenso gut Italienisch sprach wie Französisch, Englisch und Spanisch. Weil ich noch keine achtzig bin, habe ich bisher nicht beschlossen, bis fünfzehn Uhr zu schweigen; ich begnüge mich vorerst mit zwölf Uhr mittags, bei den Menschen, die mir am nächsten stehen, bei beruflichen Kontakten und beim Telefonieren. Da inzwischen praktisch meine ganze Familie tot ist, meine Mutter, mein Vater, eine meiner Schwestern, gibt es in meinem Leben keine Notfälle mehr. Als sie noch lebten, zumindest mein Vater und meine Schwester, denn meine Mutter war sehr viel früher gestorben, hätte noch etwas passieren, hätte er oder sie einen Unfall haben können, und wenn das Telefon um vier Uhr morgens oder auch erst um acht oder elf Uhr klingelte, ging ich ran. Ich ging nur ran, weil ich dachte, dass es sich um einen familiären Notfall handeln könnte. Eines Tages um vier war es jedoch mein Freund Mark, der soeben vom Tod seiner Mutter in London erfahren hatte, um acht war es in der Regel meine alte Tante, die mit ihren neunzig Jahren in aller Frühe aufstand und meinte, der Vormittag sei bereits weit fortgeschritten, um elf sind es meistens Leute, die sich verwählt haben und mich für eine Pizzeria halten oder für einen Arzt namens Montano.

Ich wollte Brigitta nicht kränken und sie mich auch nicht, und so plauderten wir vor dem »Boarding« (das Vokabular unserer Eisenbahngesellschaft ist inzwischen seltsamerweise das der Luftfahrt, das seinerseits der Seefahrt entlehnt wurde) noch auf dem Bahnsteig, als wollten wir unbedingt plaudern, dabei wollten wir beide nur ungestört unseren Sitzplatz einnehmen, losfahren und uns in die Lektüre vertiefen, am Computer, auf dem Tablet, in Bücher und Zeitschriften. Was mich angeht, bin ich immer etwas hin und her gerissen zwischen der Beschäftigung mit den Büchern, die ich mitgenommen habe, und der Beschäftigung mit der Landschaft, denn sie ist »immerhin einen Blick wert«, wie es James Aspert bei einem Vortrag in Singall formulierte, er, der nie das Haus verlassen und zwölf Jahre lang keinen Fuß vor die Tür gesetzt hatte, genau wie Nathaniel Hawthorne in Salem. Manchmal träumte ich von diesen zwölf Jahren, die Aspert und Hawthorne zurückgezogen verbracht hatten, zusammengenommen vierundzwanzig Jahre, denn die Zahl zwölf beinhaltete für mich wie die Zahl acht für Giacinto Scelsi etwas Magisches und mir Vorbestimmtes. Meine Mutter war gestorben, als ich zwölf war, 2012 hatte ich mein zwölftes Buch veröffentlicht, das mir einen großen Erfolg bescherte, an einem 12. Dezember hatte ich mich von Guillaume, meiner großen Jugendliebe, getrennt, und an einem 12. war ich Thomas begegnet und immer so weiter. Bestimmt hatte ich beim Zählen noch viel mehr Zwölfen vergessen, trotzdem war nicht zu übersehen, dass diese Zwölf in meinem Leben eine so eigenartige wie beharrliche Rolle spielte.

Sobald ich las, dass ein Mann zwölf Töchter hatte, dass einer meiner geliebten Schriftsteller, beispielsweise Walser, beim zwölften Kilometer seiner Wanderung schneebedeckt den Heldentod gestorben war, dass jemand zwölf Mal versucht hatte, seine Mutter umzubringen, oder dass zwölf Zwölfjährige entführt worden waren, fühlte ich mich betroffen, als ginge es um meine Familie, um meine Notfallfamilie, die man unentwegt retten musste, vor dem Tod, vor dem Wahnsinn, vor dem Selbstmord, vor dem Unglück. Sobald von zwölf die Rede war, stand ich an Deck, denn ich hatte mich stets, natürlich vergebens, bemüht, meine Familie zu retten. Unsere Notlage, sinnierte ich im Zug, als Brigitta sich auf den Platz Nr. 38 setzte und ich mich auf den Platz Nr. 56 (auf meinem Ticket stand Nr. 45, aber das war gegen die Fahrtrichtung und ich habe nie gern gegen die Fahrtrichtung gesessen, ich befinde mich gern in Fahrtrichtung), unsere Notlage, sinnierte ich also und dankte zugleich dem Himmel, dass ich nicht verpflichtet war, mit irgendwem zu plaudern, war mit der Wahnhaftigkeit und Maßlosigkeit von beiden verknüpft: Meine Schwester oder mein Vater konnte jederzeit etwas vollkommen Unerhörtes, etwas völlig Unerwartetes tun, und da brauchte es eine vernünftige und maßvolle Person wie mich, um wieder Ordnung in die Unordnung zu bringen, jeden wieder an seinen Platz oder zumindest an einen schicklichen Platz zu rücken, und das bestimmte mein Leben bis zu seinem und ihrem Tod.

Anstatt wie geplant mein letztes Buch aufzuschlagen, um es mir vor der abendlichen Publikumsveranstaltung in Montauban in Erinnerung zu rufen, oder das von Inès, das ich mir ebenfalls in Erinnerung rufen sollte, oder das von Enrique Vila-Matas, *Kassel: eine Fiktion*, das ich in aller Ruhe wiederlesen wollte, weil ich ja fünf Stunden Fahrt vor mir hatte, eine erkleckliche Zeitspanne, und weil ich im Zug immer wunderbar lesen kann, besser als zu Hause, dachte ich an die beträchtliche Notlage meiner Familie, an den Alarmzustand, in dem ich immer gelebt hatte, bis sie alle gestorben waren, obwohl ich vor allem Ruhe und Frieden schätzte. Und da ich selten vom Gare Montparnasse aus fahre, meistens fahre ich vom Gare de Bercy aus in die Auvergne, früher vom Gare de Lyon, wollte ich auch ein wenig die Landschaft betrachten, zunächst die Faubourgs, die man nicht mehr als Faubourgs bezeichnet, sondern als Banlieu, und so betrachtete ich die Gebäude, die Villen und Reihenhäuser, während ich an die Notlage meiner Familie dachte, an den Alarmzustand, in dem ich im Grunde bis ins höhere Alter gelebt habe, denn als mein Vater starb, natürlich am 12.12.2012, hatte ich schon ein gewisses Alter erreicht.

Was war das eigentlich für eine Notlage, die mich an Deck hielt?, fragte ich mich, während die Reihenhäuser irgendeiner Banlieu an mir vorbeizogen. Was war das für ein ständiger Alarmzustand seit meiner frühesten Kindheit? Sie konnten seltsame Dinge anstellen, allen voran Selbstmord begehen oder wahnsinnig werden, nach Belieben. Und so horchte ich am Telefon als Erstes darauf. Ich horchte darauf, ob sie zurechnungsfähig oder wahnsinnig waren, und ich horchte darauf, ob gleich ein Selbstmord zu befürchten stand oder nicht. Ich spitzte die Ohren, meine Ohren waren darauf trainiert. Immer habe ich mich gefragt ob sie, mein Vater, meine Schwester, spürten, ob sie wussten, dass ich solche Ohren hatte und worauf ich horchte. Ich glaube, meine Schwester, die ungeheuer kluge, wusste es. Ich glaube, sie wusste, dass ich darauf horchte, und ich glaube sogar, dass sie damit spielte, mit meiner Verletzlichkeit und mit meiner Liebe. Bei meinem Vater glaube ich das nicht, aber man weiß ja nie. Sie steckten beide dermaßen tief in der Fiktion.

An all das dachte ich, während wir Paris hinter uns ließen, und wie so oft war ich zwischen meinen Gedanken und meinen Verpflichtungen hin und her gerissen, denn eigentlich sollte ich während der Fahrt meinen abendlichen Auftritt vorbereiten, mich auf mein Buch besinnen, auf das, was ich über dieses Buch sagen könnte, an das ich mich kaum mehr erinnerte, das mir so fern war, das ich längst durch andere Fragen und Obsessionen ersetzt hatte. Wie fast immer war ich zwischen Vergangenheit und Gegenwart hin und her gerissen, als hielte mich ein Teufelchen davon ab, ganz und gar in der Gegenwart gegenwärtig zu sein oder mich voll und ganz auf die Vergangenheit zu konzentrieren, ein Teufelchen, das unbedingt alles miteinander vermengen und mich nötigen wollte, sowohl der Vergangenheit nachzuhängen als auch in der Gegenwart gegenwärtig zu sein. Brigitta rührte sich zum Glück nicht. Ich stellte mir vor, dass sie vielleicht das Gleiche tat wie ich. Dass auch sie von einer Frage aus der Vergangenheit heimgesucht wurde und sich um Gegenwärtigkeit bemühte, um am Abend über ihr letztes Buch reden zu können. Als wir die Banlieu passiert hatten und durch die Landschaft rasten, fühlte ich mich frei und wild, wie immer im Zug. Ich konnte zu einer Anderen werden. Ich musste nicht einmal mehr Schriftstellerin sein. Lange Zeit hatten mir Zugreisen genau dieses Gefühl gegeben, ein erotisches Gefühl. Kaum lagen die Banlieus hinter uns, kaum waren wir in eine fremde Landschaft vorgedrungen (die Bourgogne? der Morvan?), konnte ich ohne Weiteres zu einer Anderen werden. Absolut nichts hinderte mich mehr daran, eine Andere zu werden. Und ich dachte oft an diese Andere, die durchaus eine Art *Madonna im Schlafcoupé* sein könnte.

Bei der nächsten Station würde ich aussteigen, ich wäre eine junge Frau, blass und brünett, mit gekonntem Hüftschwung, und würde die baumbestandene Allee entlanggehen, diese Allee, die überall in Frankreich zum Bahnhof führt und von ihm weg, selbstverständlich würde mir ein Mann folgen, vielleicht sogar zwei oder drei, ich würde dem jungen Mädchen ähneln, das mir begegnet war, als ich in Paris in der Rue de la Chaise wohnte, und das mich so sehr beeindruckt hatte, mit seiner natürlichen Erotik und Faszination, damals war ich selbst zwanzig und begriff einfach nicht, wie man derart erotisch und faszinierend sein konnte. Und was danach passierte, würde in einem Hotel wie dem passieren, in dem Jean Desailly im Film *Die süße Haut* auf Françoise Dorléac trifft, oder einem Hotel, in dem ich selbst mal abgestiegen war, damals, als ich Guillaume liebte und wir uns in Hotels trafen. Dieser kleinen Fantasie gebe ich mich jedes Mal hin, wenn ich den Zug nehme und die Fahrt eine Weile dauert, sagte ich zu Brigitta, als wir im Speisewagen zusammenkamen, denn ich vertraue Leuten, die ich mag, immer recht persönliche Dinge an, was ich anschließend bereue, ich schäme mich und laufe rot an. Aber wem soll man sonst sein Herz ausschütten, frage ich mich, wenn Menschen, die wie Brigitta und ich Romane schreiben, einander keine recht persönlichen Dinge anvertrauen? Und mir fiel in diesem Speisewagen des TGV 3789, in dem Brigitta und ich *wraps* aßen und die Landschaft nicht zu erkennen war, so schnell raste sie dahin, wieder ein, was Dec Yrutiri in seinem Roman *Der Zug* schreibt: »Wir wissen nie, wohin wir fahren. Vielleicht in die Fremde. Vielleicht so weit weg, dass wir nicht mehr zurückkehren.« Und dieser Satz machte mir Angst, denn ich wollte unbedingt von dem mir unbekannten Montauban zurückkehren. Ich hatte nicht die geringste Lust, mich in Montauban zu verlieren oder mitansehen zu müssen, wie sich mein Leben dort von Grund auf änderte.

Während ich mich mit Brigitta unterhielt, die bestimmt auch anderes im Kopf hatte, während sie sich mit mir unterhielt, suchten die Werke Vila-Matas', die ich seit rund zwei Wochen las oder wieder las, mich heim. Manchmal schlug ich das Buch zu und drehte es kurz um, als wollte ich, wie Katzen hinter einem Spiegel, an seinem Rücken erkennen, wie es gemacht, wie es gefertigt worden war, und dann schlug ich es wieder auf, ließ mich wieder darauf ein, und wieder sprudelte der Zauber, als wären diese Bücher ständig eruptierende Geysire, unaufhörlich arbeitende Ölquellen. Ich hatte es bitter nötig, mich derart zu beschäftigen, mich von etwas Beglückendem, sehr Beglückendem heimsuchen zu lassen, denn über Monate, womöglich waren es zwölf gewesen, hatte mich zu meinem Leidwesen eine Art Leere heimgesucht, eine trostlose Leere, die mir bereits vertraut war, denn in diesen Zustand verfiel ich jedes Mal, nachdem ich einen Roman veröffentlicht hatte, nur dass diese Leere in der Regel nicht so lange anhielt, jedenfalls konnte ich mich nicht entsinnen, dass sie jemals so lange angehalten hätte. Mein Freund Mark oder mein Lebensgefährte meinte hingegen, doch, das sei mir schon zuvor passiert, und dann drängte Mark mich immer dazu, Texte von früher, die ich niemals hatte veröffentlichen wollen, wieder aufzunehmen und sie in einem Band zu versammeln, um mir wieder Antrieb zu geben, aber ich sträubte mich dagegen, mir Texte von früher wieder vorzunehmen, sobald ich die Mappe aufschlug, in der sie lagen, fielen sie mir aus der Hand und ich betrachtete sie voller Trübsinn. Als holte man einen Mantel aus dem Schrank, den man sehr geliebt, aber zwanzig Jahre zuvor getragen hatte und der einem aus unerfindlichen Gründen – weder hatte der Körper sich so sehr verändert noch die Mode sich so stark gewandelt – überhaupt nicht mehr passte.

Während Brigitta mir von Pierre Pier erzählte, einem jungen Schweizer Schriftsteller, dessen Werk oft mit dem Werk Innerhofers verglichen wurde, dessen Roman *So herrliche Jahre* mit dem Satz beginnt: »Der Fürsorge einer kinderlosen Frau entrissen, sah sich Holl plötzlich in eine fremde Welt eintreten«, spürte ich das Universum von Vila-Matas in mir aufragen wie eine

Festung mit sämtlichen Details seiner Mauerzinnen, seiner Maschikulis und seiner Zugbrücke, aber es war sogar besser als eine Festung, denn es gab Himmel und Landschaften, nicht dass Vila-Matas oft Landschaften beschreibt, dafür ist er viel zu urban, aber weil er in seinen Büchern ständig auf Reisen ist und in Züge und Flugzeuge steigt, ist der Raum dort so weit wie die Welt. Aus den Fenstern des Speisewagens im TGV, der nach Montauban raste (wobei er lange an einem obskuren Winzbahnhof hielt, aus Gründen, die der Schaffner uns nicht näher erläuterte, wir sollten lediglich jeden Versuch unterlassen, auf das Gleis hinunterzusteigen), konnte ich eine hier eher reizlose Landschaft betrachten, eintönig, flach und vom Novemberregen durchtränkt, doch in mir steckte so etwas wie eine goldene Stadt, eine Stadt so gelb wie die Bluse von Brigitta, die ihre Ärmel hochgeschoben hatte, sodass ich auf ihrem rechten Unterarm eine eigenartige Tätowierung zu sehen bekam, nämlich die eines Turms. Ich traute mich nicht, sie darauf anzusprechen, aber sie erklärte mir von sich aus: »Das ist Montaignes Turm«, und dann sagte sie, sie habe sich den Rücken mit Montaignes berühmtem Satz beschriften lassen wollen, der auf einem Deckenbalken seiner »Bibliothek« geschrieben stand: »Ich reise nie ohne Bücher, ob im Frieden oder Krieg, sie sind die beste Munition, die ich für diese Menschenreise finden konnte«, aber dann doch darauf verzichtet, weil ihre Freundin meinte, am Ende werde sie noch aussehen wie eine Sandwichfrau.

Brigitta ging den ersten Sätzen von Romanen nach und hatte inzwischen mehr als fünftausend dieser Sätze gesammelt, die sie auf ihrer Website unter der Rubrik »Meine Obsession« als Lauftext präsentierte. Sie sagte mir, wenn sie nicht weiterwisse, setze sie sich vor den Bildschirm, rufe ihre Website auf und betrachte die durchlaufenden Sätze. Sie wusste nicht, warum erste Sätze es ihr dermaßen angetan hatten, es sei ihr selbst immer noch ein Rätsel, aber ihr gefalle eben auch die Ansammlung dieser ersten Sätze, eine nie endende Ansammlung. Sie denke an zwei Arten von Performance. Gern würde sie fünftausend Personen in einer Halle oder Sportarena zusammentrommeln und die Sätze über einen gigantischen Bildschirm laufen lassen, wobei jede der fünftausend Personen der Reihe nach einen dieser fünftausend Sätze ins Mikro sprechen sollte. Sie habe Lust auf etwas Kollektives, als Schriftstellerin komme man heutzutage doch nicht umhin, etwas Kollektives zu machen. Die Schreibkunst wandle sich, sie strebe dorthin, dem könne man sich nicht entziehen. Ihre zweite Performance-Idee bestand darin, sich auf eine Bühne zu setzen und dort einen Schrei auszustoßen. Ich bemerkte, das sei vielleicht nicht unbedingt etwas Kollektives, aber sie erklärte voller Leidenschaft, das Publikum solle ebenfalls schreien. Inzwischen liebe ich den Aufruhr, sagte Brigitta. Die Stille liebe ich nicht mehr. Beziehungsweise weniger.

Weil unser Zug schon wieder angehalten hatte, diesmal allerdings auf freier Strecke, und man uns wieder mit Nachdruck geraten hatte, nicht auf das Gleis hinabzusteigen, kam ein Mann auf uns zu, der mir aufgefallen war, weil er in unserem Abteil fünf Bücher auf sein Tablet heruntergeladen hatte, und fragte, ob wir auch zum Festival von Montauban führen; darauf sei er gekommen, als er uns plaudern hörte. Er hatte ein iPad in der Hand und wollte uns damit orten. Ich hatte noch nie GPS verwendet, und so erlebte ich zum ersten Mal, über seinen Bildschirm gebeugt, wie man von oben, genau wie ein Adler auf seine Beute oder wie eine Rakete mit millimetergenauer Flugbahn auf die Erde zustürzt, auf einen Kontinent, ein Land, eine Region, einen Bezirk, eine Ortschaft, ein Feld, und das erinnerte mich an die umgekehrte Richtung, die wir als Kinder einschlugen, wenn wir in unsere Hefte schrieben: Rue des Pins 12, Fontainebleau, Seine-et-Marne, Frankreich, Europa, Erde, Universum. Bei Universum war Schluss, aber uns schien immer etwas noch Größeres zu fehlen. Oder vielleicht fehlten uns die Worte, um noch größere Räume zu bezeichnen.

Yann Parr, der Mann mit dem iPad, schrieb Kinderbücher und war deswegen zum Festival von Montauban eingeladen worden. Er sollte über drei Veranstaltungen hinweg mit Grundschulklassen arbeiten. Das iPad, das ich nicht besaß (ich war beim alten Handy geblieben), und dessen mit »Apps« übersäter Bildschirm rückten während der ersten Minuten unseres Halts (etwas weiter vor uns bewegten sich Personen auf dem Gleis, die niemand zu verscheuchen vermochte) in den Mittelpunkt unserer Aufmerksamkeit und Unterhaltung. Yann Parr begeisterte sich für Botanik, überall fotografierte er Blätter und Blumen, die ihn interessierten, und hatte eine App installiert, um auf Anhieb die Pflanzen zu bestimmen, deren Namen er nicht kannte. Als er die App vorführte, trat jemand vom Zugpersonal, der in der Nähe stand, aber gerade nicht im Einsatz war, und sich ebenfalls für Botanik begeisterte, zu uns. Ich bemerkte jedoch, dass Brigitta, die an Pflanzen womöglich weniger interessiert war, Anstalten machte, sich in unseren Wagen zurückzuziehen, und auch ich wollte gern wieder in den tiefen Sitz sinken (das Festivalteam hatte für uns großzügig in der Ersten Klasse reserviert), wo ich erneut hin und her gerissen wäre zwischen Vila-Matas, der gesamten Kulisse und Präsenz, die seine Bücher seit zwei Wochen in mir entfalteten, und der Notwendigkeit, meine Hausaufgaben zu machen, sprich, mich auf die Publikumsveranstaltung in Montauban vorzubereiten und mir in Erinnerung zu rufen, was in meinem Buch stand, wobei ich die Anmerkungen für frühere Veranstaltungen durch ein paar neue ergänzen würde. Ich wollte niemanden enttäuschen und auf der Höhe sein, doch in meiner Vorstellung glich mein letztes Buch inzwischen einem Stück Chagrinleder, einem welken Blatt, das sich zu krümmen begann. Es war – im Gegensatz zu den Leuten, die ein paar Kilometer von unserem Zug entfernt auf dem Gleis gingen – verscheucht worden, sowohl durch die Zeit als auch durch meine manische Vila-Matas-Lektüre. Ich sagte mir, dass es vor Ort wieder aufleben würde, wenn ich daraus wie von der Programmleitung des Festivals vorgesehen eine lange Passage vorlesen müsste, aber ich war wieder einmal zwiegespalten, wie schon so oft, insbesondere in der Liebe, zwischen zwei Lieben, zwischen Vergangenheit und Gegenwart, zwischen einer Notwendigkeit und einer anderen zugleich, was mich jedes Mal an die Vierteilung von Ravaillac denken ließ, früher hatte ich mir, wie viele Kinder, oft das Reißen seiner Glieder ausgemalt, während ich lange die Bilder seiner Bestrafung in meinem Handbuch der französischen Geschichte betrachtete.

Doch als ich mir vor zwei Wochen oder in Wahrheit vielleicht sogar vor einem Monat vorgenommen hatte, Vila-Matas wiederzulesen und neue Bücher von ihm zu lesen, schwebte mir tatsächlich ein »Zusammenkitten« vor. Ich war schon zu lange leer, und in mir gab es jedes Mal, wenn ich erneut zu schreiben versuchte, eine ganze Menge von Fetzen und Fragmenten, so unzusammenhängend, dass ich es wirklich leid war. Es hatte was von einem Puzzle, von diesem 500-Teile-Puzzle, das ich im September gekauft hatte und das nach seiner Vollendung ein vergrößertes Bild aus einem Tim-und-Struppi-Comic ergeben würde, ich hatte es in seiner Schachtel belassen und für verregnete Sommerabende im Wohnzimmer meines Hauses in der Auvergne deponiert. Es hatte was von einem Puzzle, dessen Teile komplett verstreut oder aber winzig klein waren, mindestens 1000 Stück, und ich dachte, wenn ich Vila-Matas wiederlese und neue Bücher von ihm lese, ich dachte, als mir Vila-Matas eines Tages plötzlich wieder in den Sinn gekommen war, dass die Teile meines Puzzles dank ihm, also seiner Bücher, sich dann wieder fügen, wieder zusammenfinden würden. Für dieses Kitten hätte ich beispielsweise weder Thomas Bernhard noch Arno Schmidt heranziehen können. Ich brauchte jemanden, der zeitgenössischer war, durch und durch zeitgenössisch, und vor allem brauchte ich einen lebenden Schriftsteller. Unter den lebenden Schriftstellern hatte Vila-Matas beim Langstreckenlauf Handke schließlich überholt, nicht dass meine Liebe zu Handke nachgelassen hätte, aber seine letzten Bücher konnten, als ich müde war, nicht wie sonst zu mir vordringen, während Vila-Matas, selbst wenn er zehn Selbstreferenzen übereinanderstapelte, jederzeit zu mir vordrang, und wie das? Durch Heiterkeit. Er brachte mich zum Lachen und versetzte mich in Hochstimmung. Ausgerechnet er, dessen morgendliche Hochstimmung sich im Lauf des Nachmittags zunehmend trübt und nach Sonnenuntergang wirklich finster wird, wie er in *Kassel: eine Fiktion* erzählt, bescherte mir morgens, mittags und abends nichts als Heiterkeit. Gerade abends. Wenn ich wieder einmal mit all diesen in mir verstreuten Fetzen schlafen ging, mit all diesen Puzzleteilen, die nicht zusammenpassten, und gelegentlich eins seiner Bücher an einer beliebigen Stelle aufschlug, stellte sich die Heiterkeit sogleich wieder ein, waren die Fragmente gekittet. Gelegentlich ermüdete mich nach Mitternacht die geballte Aufmerksamkeit, die seine Lektüre erfordert, und ich legte das Buch aufgeschlagen unter mein Bett, löschte die Lampe und sank aufs Kissen, aber mit einem Lächeln und mit dem Gefühl, dass für mich vielleicht noch nicht alles verloren war.

Ich hatte ihn einmal gesehen, in Paris, bei einer Veranstaltung, die das Literaturhaus im Lateinamerika-Haus am Boulevard Saint-Germain organisiert hatte. Ich hatte ihn auch oft auf Fotos gesehen. Aber natürlich war das im Lateinamerika-Haus gar nicht er. Dieser Mensch hatte nichts mit seinem Werk zu tun, so wie kein Mensch etwas mit dem eigenen Werk zu tun hat. Ich dachte, wenn Kafka oder Walser, die Ärmsten, auch auf einem solchen Podium hätten erscheinen müssen, mit ihrem Namensschild vor sich, ROBERT KAFKA oder FRANZ WALSER, und einen Vortrag gehalten hätten, wüssten wir heutzutage vermutlich nichts mehr von Walser und Kafka, und die halbe Welt bliebe im Dunkeln. Vila-Matas hatte nicht das Geringste von Vila-Matas an sich, wie ich mir bereits dachte, ehe ich zum Lateinamerika-Haus ging und mich ins Publikum setzte, aber ich wollte mich trotzdem vergewissern. Die Leiterin des Literaturhauses hatte mich zum Abendessen mit ihnen allen, also mit Vila-Matas, eingeladen, das nach dem Gespräch stattfinden sollte, aber ich schlug die Einladung umgehend aus. Ich wollte Vila-Matas nicht treffen, ich wollte ihn lesen. Ich wollte nicht mit ihm reden, auf keinen Fall seinem Blick begegnen; ich wollte in seine Geschichten eingehen und für die Dauer meiner Lektüre und noch ein wenig darüber hinaus mit ihnen leben, beispielsweise wenn ich morgens aufwachte und geradezu schlafwandlerisch durch meine Wohnung glitt, wenn ich ein Bad nahm, nachdem ich eines seiner Bücher zugeschlagen hatte, wenn ich nachmittags durch die Rue Notre-Dame-des-Champs ging oder den Jardin du Luxembourg durchquerte, mehr oder weniger ziellos, nur, um frische Luft zu schnappen, wenn ein Gedanke, eine Besessenheit mich vorübergehend quälte und schmerzte. Wenn ich dann Vila-Matas beschwor, entstand in mir eine goldene Stadt, nicht dass Vila-Matas so vollkommen wäre wie Walser oder Kafka, das nicht, und das weiß er auch, er weiß es genau, aber unter den Schriftstellern ist er der Beste, den es heutzutage geben kann, denn heutzutage kann niemand Walser oder Kafka sein, das ist unmöglich. Die Heiligkeit in der Kunst ist uns verwehrt. Es ist wie eine Strafe. Man hat uns aus dem Paradies vertrieben.

Jahrzehntelang hatten sämtliche Schriftsteller ein Foto von Kafka in ihrem Bücherregal stehen. In den 80er Jahren wurde das Foto von Kafka manchmal durch ein Foto von Thomas Bernhard ersetzt, eher als durch ein Foto von Beckett, denn Beckett war zu schön. Ich käme nie auf die Idee, ein Foto von Vila-Matas in mein Bücherregal zu stellen, zum einen, weil er am Leben ist, zum anderen, weil er nicht den Grad der Heiligkeit von Kafka, von Beckett erreicht hat, und von Bernhard, der ihm näherkommt, geschweige denn von Proust natürlich, von dem ich ein seltenes Foto habe, nicht das, auf dem er so tut, als spielte er auf einem Tennisschläger Mandoline, sondern eines, auf dem er Kafka ähnelt, in einen schwarzen Mantel gezwängt, unter einem schwarzen Hut, auf einer Bank sitzend, mit der Anmutung eines Wandernden Juden. Vila-Matas erreicht diesen Zustand nicht oder noch nicht, er bemüht sich, dorthin strebt er, verständlicherweise, aber wir sind durch unser Wissen vergiftet, wir wissen zu viele Dinge, wir wären gern ein wenig zurückgeblieben wie Walser, aber dazu fehlen uns Wälder, Gipfel, Karren, eine Welt, die es nicht mehr gibt. Wie die doch hochbegabte Brigitta treiben wir alle Unsinn, treten öffentlich auf, halten uns für Rockstars, und wenn ich an Vila-Matas denke, an den Geysir seines Geistes, der fromm sein könnte und es nicht so richtig ist, der es unter anderen Umständen in einem anderen Zeitalter gewesen wäre, wird mir klar, dass der größtmögliche literarische Feinsinn nicht mehr das ist, was er einst war.

Und dennoch brauchen wir die Lebenden. Wenn man wie so mancher einzig und allein die Toten bewundert, ist das ungesund, morbide, verhängnisvoll und führt zwangsläufig zu Schwermut und zum Verlust der Lebenskraft. Wir müssen die Lebenden bewundern, um hoffen zu dürfen, dass wir selbst noch lebendig sein können. Die Inseln, die Vila-Matas' Bücher bilden, sind voller lebender Schriftsteller, ob erfunden oder real spielt keine Rolle, er muss ja welche erfinden, um genug zusammenzubekommen. Und daran dachte ich im tiefen Sitz der Ersten Klasse im TGV nach Montauban, was mich an das Chanson von Charles Trenet erinnerte, *Mes jeunes années courent dans la montagne*, ein zutiefst schwermütiges Lied, anstatt meinen Auftritt vorzubereiten, der um 19:30 Uhr stattfinden und für den ich unbedingt auf der Höhe sein sollte, und sei es nur, um den Festivalmachern dafür zu danken, dass sie mich eingeladen hatten. Mir graute ein wenig vor der Nacht im Hotel. Ich mag keine Hotels mehr, nachdem ich sie jahrelang gemocht habe, aber vielleicht bin ich ja in so vielen abgestiegen, nicht nur auf Reisen, auch aus reiner Lust und Laune, wenn mir in Paris die Decke auf den Kopf fiel und ich in einem Hotel eine Straße weiter übernachtete, um mir einen Tapetenwechsel zu gönnen, um mich selbst mit einem neuen Schauplatz zu überraschen, dass ich deren Glückspotenzial ausgeschöpft habe.

Die Leute, die im Gleis herumgelaufen waren, hatten es wohl endlich verlassen, denn nach mehr als anderthalb Stunden Stillstand setzte sich der Zug ganz vorsichtig wieder in Bewegung. Paris hatte ich inzwischen vergessen. Ich befand mich auf dem Teil der Reise, auf dem man bereits auf die andere Seite gekippt ist, auf die Seite des Zielorts. Mir gegenüber saß eine bildhübsche junge Frau, etwa Mitte zwanzig, die praktisch seit unserer Abfahrt schlief. Sie hatte einen dicken Schal eingerollt, der ihr als Kissen diente, und ich konnte in aller Ruhe ihr Gesicht mit der allzu üppigen Make-up-Schicht und den Kranz ihrer langen, allzu schwarzen Wimpern betrachten. Es gibt solche Fahrgäste, die einschlafen, sobald der Zug den Bahnhof verlässt, und die erst unmittelbar vor der Ankunft aufwachen. Selbst im Reisebus kommt das vor. Ich erinnerte mich an einen Kurztrip in den Libanon, wo mehrere Autoren, die man in Beirut untergebracht hatte, zu einer Besichtigung des berühmten Baalbek eingeladen wurden, des einstigen römischen Heliopolis. Man kommt ja nicht alle Tage nach Baalbek, doch kaum saßen wir im Reisebus vor unserem Hotel, das von zwei im Krieg halb zerstörten Gebäuden eingerahmt wurde, war einer aus der Gruppe eingeschlafen und verbrachte die gesamte

Fahrt, die uns durch die Bekaa-Ebene führte, in tiefem Schlummer. Für die Besichtigungstour war er aufgewacht und schlief erneut, sobald wir wieder im Bus saßen, bis zu unserer Ankunft am Hotel. Möglicherweise fürchten manche Reisende das Reisen so sehr, dass sie sich davor in den Schlaf flüchten.

Im Roman von Inès war mir eines besonders aufgefallen, dachte ich, während ich mein schlafendes Gegenüber betrachtete und versuchte, mich doch noch an die Arbeit zu machen, nämlich die Schilderung eines Vaters, der Fragen immer nur »daneben« beantwortete. Ich hätte mir gewünscht, dass sie diesen Vater näher ergründet und daraus einen ganzen Roman macht, aber vielleicht würde sie es ein nächstes Mal in einem nächsten Buch tun. Ich dachte, wenn dieser Vater auch nur ein wenig der Wirklichkeit entsprach, war es kein Wunder, dass Inès sich für die Schriftstellerei entschieden hatte, und zwar, um Fragen nicht daneben, sondern gezielt zu beantworten. Das wiederum erinnerte mich an diesen Vater, den Vila-Matas in einem seiner Romane auftreten lässt, eine offenbar ziemlich verrückte Figur, die sich nämlich die Zeit damit vertrieb, Stimmen aus dem Untergrund zu lauschen. Ich erinnerte mich auch an den Vater von Modiano in einem seiner Romane, einen Vater, der seinen Sohn hatte umbringen wollen, indem er ihn hinterrücks vor die einfahrende Metro schubste. Was mich bei Modiano und Vila-Matas besonders ergriffen hatte, war die ängstliche und unselige Liebe, mit der sie den Vater erstehen ließen. In seinem Roman versuchte der junge Modiano weiterhin, diesen Vater zu retten, der ihn kaltblütig hatte ermorden wollen, und der junge Vila-Matas, der sich über den Wahn seines Vaters völlig im Klaren war, lauschte ihm zuliebe dennoch selbst den Stimmen aus dem Untergrund. Das erinnerte mich auch an Mandelstams Definition der Poesie, von der Mark mir einmal erzählt hatte: »Ein Kind, das mit seinem Vater spielt.« Und wieder einmal staunte ich darüber, dass Proust die Figur des Vaters aus seinem Leben und seinem Werk gestrichen hatte. Dabei war mir zudem aufgefallen, dass er vielleicht der einzige Schriftsteller von Rang ist, der einen Romanzyklus verfasst hat, ohne darin ein einziges Mal den Wahnsinn zu thematisieren. Und auch darüber staunte ich. Wie kann man einen Romanzyklus verfassen, ohne früher oder später darauf zu sprechen zu kommen? Das blieb das Geheimnis von Proust, dem genau das gelungen war.

Die junge Frau mir gegenüber schlief weiterhin, und mir kam dieser Schlaf verdächtig vor, zumal unsere Verspätung stetig größer und die Fahrt entsprechend länger wurde. Schlief sie wirklich oder tat sie nur so? Aber warum sollte sie Schlaf vortäuschen? Ob sie sich einfach nur ausruhte, mit geschlossenen Lidern, aber dahinter hellwach war? Vielleicht zogen ihre Gedanken genauso inhaltsschwer dahin wie meine? Vielleicht dachte sie an die Liebe, an die Liebesgeschichte, die sie gerade durchlebte, oder an ihre Familie, an ihre Mutter, zu der sie eine schwierige Beziehung hatte, denn junge Frauen haben oft eine schwierige Beziehung zur Mutter. Oder sie hatte vielleicht ein Beruhigungsmittel eingenommen. Nein, Gesicht und Körper strahlten eine heitere Zufriedenheit aus. Sie war brünett und zierlich, schlief mit nackten, goldbraunen Armen in diesem nicht eben warmen Abteil, und während der sieben Stunden währenden Fahrt sollte ich kein einziges Mal ihren geöffneten Augen begegnen.

Hin und wieder habe ich mich gefragt, dachte ich, während ich mir den Abend in Montauban ausmalte, ob ich mir beim Schreiben nicht zu viel abverlangte. Sollte mein Text jemals Kafka unter die Augen kommen, was ja jederzeit passieren konnte, wollte ich ihn auf keinen Fall enttäuschen. Zu meiner Überraschung hatte ich jedoch bei vielen Anlässen festgestellt, dass die Leser es keineswegs »nicht so genau nehmen«, sondern oft von einem Detail, einem Abschnitt oder Aspekt des Werks bewegt und beschäftigt werden, bei dem ich kein so starkes Echo erwartet hätte. Vila-Matas verlangte sich selbst ungeheuer viel ab, aber er sprühte derart vor Einfällen, wie sicher auch W. G. Sebald, dass er sich viele Freiheiten herausnehmen konnte. Nicht alles, was er hervorbrachte, verwandelte sich in Gold; nur neunzig Prozent von dem, was er hervorbrachte, verwandelte sich in Gold, aber was die verbliebenen zehn Prozent anging, konnte er auf sich und auf den Leser vertrauen, denn der Rest würde auf diese zehn Prozent abstrahlen. Und ich dachte mir, eigentlich war es gar nicht so verkehrt, an Vila-Matas zu denken, während ich meinen abendlichen Auftritt hätte vorbereiten sollen, denn im Grunde war mein Buch, das Buch, das ich würde vorstellen müssen, im Wesentlichen ein Buch, das von der Tätigkeit des Schreibens handelte, und so würden sich leicht Brücken schlagen und Übergänge finden lassen.

Dennoch vertraute ich mir nur halb, im Bewusstsein, dass ich Jahre gebraucht hatte, um zu begreifen (inzwischen war ich so weit), dass ein Auftritt gut vorbereitet sein muss, wenn man weder sich noch seine Zuhörer langweilen will. Jahrelang war ich mit meinen ersten Büchern zu solchen Veranstaltungen gefahren, ohne das Geringste vorzubereiten. Ich glaubte, es würde mir leichtfallen, spontan auf die Fragen zu antworten, da sie mich ja selbst betreffen würden. Dabei hatte ich zum einen festgestellt, dass die Fragen nie so waren wie erwartet, und zum anderen, dass ich darauf keine Antwort wusste, und wenn sie noch so simpel schienen. Und dann war ich so abwesend, als stumme Zuschauerin meines eigenen Auftritts auf dem Podium, ob ich nun allein oder zusammen mit anderen Autoren dort saß, dass ich eines Tages, und zwar auf den Rat einer meiner Verlegerinnen hin, den Entschluss fasste, mir ein paar Gedanken darüber zu machen, was ich über mein Buch sagen wollte, wobei ich stets im Hinterkopf behalten sollte, dass ich keine Spukgestalt war, kein Geist, sondern eine Autorin, die den Anschein von Verkörperung erwecken musste, damit Literaturbegeisterte sich für sie interessierten und mit ihren Büchern »ein Gesicht in Verbindung« brachten.

Das stimmte dann mit der Wirklichkeit natürlich kein bisschen überein, aber das war allen bekannt, vielleicht mit Ausnahme von einigen Naivlingen. Der Autor, der seine Bücher schreibt, ist nicht die Person, die man vor Augen hat. Nie. Diese Person hat Liebesbeziehungen, ein Familienleben, einen Morgenmantel, mag kein Porridge, raucht zu viel, geht jede Woche zur Krankengymnastik, hat sich gerade einen neuen Mantel gekauft, wird ihren nächsten Urlaub in Savoyen verbringen. Aber sie ist ganz gewiss nicht die Person, die ein Buch schreibt. Die Person, die ein Buch schreibt, ist körperlos, man kann sie nicht anfassen, sie ist sogar unsichtbar. Genau das war mir widerfahren, als ich Vila-Matas in Paris im Lateinamerika-Haus erlebt hatte. Da war ein spanischer Herr, der sich bemühte, so zu wirken wie Vila-Matas, eine Zeitlang Vila-Matas vorzugaukeln, während er vermutlich dachte, dass er lieber sein blaues anstelle seines grauen Jacketts hätte anziehen sollen, das nicht warm genug war, oder sich seine Rückkehr nach Barcelona am nächsten Tag ausmalte, aber er war nicht einmal ansatzweise der Autor von *Risiken & Nebenwirkungen* oder von *Die merkwürdigen Zufälle des Lebens*. Und wenn man ihn auf *Risiken & Nebenwirkungen* oder *Die merkwürdigen Zufälle des Lebens* ansprach, war ihm deutlich anzumerken, dass er sich kaum an diese Romane erinnern konnte, dass er sich geradezu wie ein Akrobat verrenken musste, um als Leser einer seiner Romane und erst recht als Vila-Matas durchzugehen. Aber vielleicht gefällt den Menschen, die solche Lesungen besuchen, ja genau das, dachte ich, während der TGV Paris–Montauban immer noch vor sich hin schlich, als würde das Gleis ständig von Leuten gestürmt werden, die es nicht wieder verlassen wollten. Vielleicht gefällt ihnen, dass ein Autor demjenigen, der das Buch geschrieben hat, kein bisschen ähnelt, dachte ich, und genau das wollen sie mit eigenen Augen sehen. Denn das ist mal ein wirklich spannendes Mysterium. In keiner Jahrmarktsbude wird ein solches Monstrum vorgeführt: jemand, der ein Buch verfasst hat und doch nicht dessen Verfasser ist.

Wie ein Rätsel der Sphinx, sagte Brigitta, die auf ihrem Weg den Gang entlang kurz bei mir stehen geblieben war und der ich diese Gedanken mitteilte. Sie setzte sich quer auf meine Armlehne und wir redeten ganz leise, um die junge Frau uns gegenüber, die sich weiterhin im Tiefschlaf befand, bloß nicht aufzuwecken. Als das Wort Sphinx fiel, glaubte ich allerdings in der Scheibenspiegelung zu sehen, wie ihr schwarzes Auge sich kurz einen Spalt weit öffnete. Man weiß nie, wer die anderen sind, welche Funktion sie für einen selbst haben, und auch wenn man in der Regel zur Vernunft neigt, kann man sich manchmal nur schwer der Vorstellung entziehen, dass diese oder jene Gestalt, die man anhand einer Geste, eines Blicks, einer bestimmten Haltung flüchtig zu erkennen meint, tatsächlich eine Karte im eigenen Schicksalsspiel ist, die einem diesen oder jenen Wink gibt. Ich fand es doch ziemlich bemerkenswert, dass man, sei es nun das Schicksal oder das Reservierungsprogramm der Bahn, mir in diesem endlos vor sich hin rollenden Zug, in dem ich derart in meinen Reflexionen über Romane und Autoren gefangen war, eine ewig schlafende Frau vor die Nase gesetzt hatte, bei der kaum zu erkennen war, ob sie wirklich schlief oder nicht. Brigitta betrachtete sie mit einem gewissen Erstaunen, aber vielleicht auch mit einem gewissen Verlangen, denn Brigitta liebte Frauen. Ist das Dornröschen?, fragte sie mich. Ja, ein wenig, sagte ich. Sie ist vor mindestens hundert Jahren eingeschlafen.

Brigitte hatte ein Problem mit Kommas. Sie habe das Gefühl, sagte sie mir, Kommas nie an die richtige Stelle zu setzen, aber sobald sie die Platzierung korrigieren wollte, wie es der Gebrauch verlangte, und sei es der moderne Gebrauch, geriet etwas aus dem Lot, als würde ihr Text sich gleich auflösen. Was ich bei Vila-Matas unter anderem liebe, sagte ich, ist gerade sein Gebrauch von Kommas, die genau genommen keine Kommas sind, sondern erfundene Zitate von erfundenen Schriftstellern, wenn er seinen Satz und seine Aussage rhythmisieren möchte. »Wie schon XY sagte«, schreibt er, und dieser XY trägt meistens einen spanischen Namen und lebt in Südamerika, ohne dass Google oder irgendein GPS ihn jemals orten könnten. XY ist auf der Flucht, er ist ausgebrochen, und das erinnerte mich an Thomas Bernhard, der in *Wiedersehen* erklärt: »Aber ich bin mit 16 aus diesem Kerker ausgebrochen und seither flüchtig.« Die Schriftsteller bei Vila-Matas sind auf der Flucht, sagte ich Brigitte, sogar die echten, denn wenn man immerzu Namen und Zitate von Schriftstellern erfindet, die es nicht gibt (oder höchstens im eigenen Werk), hält man die echten Schriftsteller am Ende natürlich für erfunden. Und so bin ich, wenn er Benjamin, Walser, Roussel oder Crevel schreibt, gleich viel misstrauischer, als wenn er seinen »Freund XY« mit dem spanischen Namen erwähnt. Wäre Vila-Matas nur in Literaturtheorie vernarrt gewesen und hätte damit sein Spiel getrieben, wäre sein Werk einfach sehr unterhaltsam, was an sich schon großartig ist, sagte ich zu Brigitta. Aber dank der Stimmen, die sein (ich meine den Schriftsteller Vila-Matas, nicht den leibhaftigen Vila-Matas) Vater im Untergrund vernahm, ist sein Werk sehr gewichtig geworden. Ich bin sicher, dass Vila-Matas (ich meine auch jetzt den Schriftsteller, nicht den Mann aus Fleisch und Blut) weiß, was er dem Wahn seines Vaters zu verdanken hat, der ihm schließlich das Lauern und Horchen beigebracht hat.

Ich musste wohl auch eine Zeitlang geschlafen haben, denn plötzlich erreichten wir den Bahnhof Saint-Jean in Bordeaux. Und Bordeaux nahm in meinem Leben einen besonderen Platz ein, denn dort war ich zur Welt gekommen. Lange Zeit hatte mir Bordeaux nicht viel bedeutet, bis es mir auf einmal sehr viel bedeutete, vielleicht wegen des Romans *Aquitanien* von Frances Keaton und vor allem wegen des Nebels, den sie ständig erwähnte, in dieser Stadt, wo es meines Wissens nie welchen gab. Der Nebel, den Frances Keaton in Bordeaux an jede Straßenecke gehängt hatte, brachte mir meine Geburtsstadt näher, machte sie interessanter, realer, lebendiger. 2013 hatte ich aus Bordeaux eine seltsame Einladung erhalten. Man bot mir eine siebentägige »Schriftstellerresidenz« an, als »Zimmer für sich allein«. Das Programm bestand daraus, den Autor in einem Zimmer unterzubringen (in einem Gästehaus, das mir beim Googeln sehr schön vorkam), dort sollte er schreiben und den Rest der Zeit Bordeaux in aller Freiheit erkunden. Zunächst sagte ich zu, denn ein Zimmer in Bordeaux schien mir Sinn zu ergeben, da ich in dieser Stadt geboren und meine Mutter dort gestorben war, doch als sich das Projekt, in Zusammenarbeit mit einer Schauspielerin und ihrer Truppe, konkretisierte, sagte ich schließlich ab, denn ich konnte mir nicht vorstellen, tagelang durch die Straßen von Bordeaux zu irren. Ich war in meinem Leben schon so lange durch so viele Städte geirrt, meine ganze Jugend hindurch – denn bis zu meinem dreißigsten Lebensjahr war das meine Lebensweise: Ich reiste in eine mir unbekannte Stadt, in der Bretagne, in Südfrankreich, in Italien, ich fuhr nach Nevers, nach Moulins, nach Biarritz, nach Lyon, ich kannte dort niemanden, ich fuhr nicht hin, um irgendetwas zu besichtigen, ich nahm mir ein Hotelzimmer und lief von morgens bis abends durch die Straßen –, dass ich nicht wieder damit anfangen wollte. Diese »merkwürdige Lebensweise« (um auf einen Titel von Vila-Matas anzuspielen) gehörte der Vergangenheit an. Ich wollte sie nicht wieder aufnehmen.

Dabei, sagte ich mir 2013, als ich über die Einladung nach Bordeaux nachdachte, und dann wieder im TGV nach Montauban am 24. November 2015, war ich doch gar nicht so unglücklich, als ich durch Saint-Malo, Sanary, Cassis, Annecy, Rennes oder Genua streifte. Wahrscheinlich ging ich dort nur frische Luft schnappen, wie ich es heute einfach im Jardin du Luxembourg oder in der Rue Notre-Dame-des-Champs tue. Und trotzdem, sagte ich zu Vila-Matas, mit dem ich im Zug mittlerweile ein Gespräch begonnen hatte, war ich damals ziemlich merkwürdig, und es war, mit deinen Worten, eine merkwürdige Lebensweise. Selbstverständlich antwortete Vila-Matas: »Wie Juan Torres-Herna in seinem Roman *Die Unverdorbene* schreibt, hattest du ›die Unschuld einer geschundenen Seele‹.« Mag sein, antwortete ich.

Vila-Matas ist glücklich (nur spätnachmittags und abends nicht, wenn die Ängste aufsteigen, meiner Meinung nach wegen seines Vaters, der Stimmen im Untergrund vernahm). Er glaubt sogar, genau wie ich, dass Freude dem Kern allen Schaffens sehr nahekommt, wie er in *Kassel: eine Fiktion* schreibt. In diesem Punkt sind wir uns voll und ganz einig, Enrique. Diesbezüglich reiche ich dir die Hand, du bist in Barcelona, ich bin Paris, ich reiche sie dir über die Pyrenäen hinweg, die ich so sehr liebe, wegen des wehmütigen Chansons von Trenet *Mes jeunes années courent dans la montagne*. Und ich möchte dich außerdem darauf hinweisen, Enrique, dass ich das Wort FREUDE bisher immer in Großbuchstaben geschrieben habe, in all meinen Büchern, so wie ich das Wort ZEIT immer in Großbuchstaben geschrieben habe. Aus Ehrfurcht.

Ich hatte Lust, in Bordeaux auszusteigen und nicht bis Montauban weiterzufahren. Kurz zögerte ich, wie schon einmal im Zug Paris-Clermont, der mich ins Cantal bringen sollte (von Clermont aus geht es mit dem Bus nach Ruys-en-Montagnes weiter), als ich Lust gehabt hatte, in Nevers auszusteigen, also nicht in Ruys-en-Montagnes anzukommen, nie wieder in Ruys-en-Montagnes anzukommen, wo mein Vater war, meine Familie, mein »Elternhaus«. Lust, all das hinter mir zu lassen, damit zu brechen. In Wirklichkeit habe ich es nie geschafft. Ich erinnere mich noch sehr gut daran, wie die Ängste aufstiegen, wie sie in Nevers kulminierten, an diesem Tag reiste ich aber mit meiner einzigen verbliebenen Schwester, der einzigen, die nicht gestorben war, und die Art und Weise, wie sie auf meinen panischen Wunsch reagierte, in Nevers auszusteigen (nicht nur wegen Marguerite Duras), gefiel mir so gut, dass ich an Bord blieb. Meine Panik war gewaltig, wie die von Vila-Matas abends wegen der Stimmen aus dem Untergrund, es schien mir unmöglich, mich dem Wahnsinn von Ruys-en-Montagnes zu stellen, wobei meine ältere Schwester angesichts dieser übersteigerten Panik gelassen lächelte und gegen mein Aussteigen, meinen Ausbruch, meine Flucht nichts einzuwenden hatte. Mach, was du willst, sagte sie freundlich. Und da blieb ich prompt an Bord.

Meine Schwester, sagte ich zu Vila-Matas, wollte auf keinen Fall in den familiären Wahnsinn verstrickt werden. Dagegen verwahrte sie sich. Sehr gut, sagte Vila-Matas. Ja, selbstverständlich!, antwortete ich. Sie ist die Einzige, die sich dagegen verwahrt hat, dafür musste sie natürlich einen hohen Preis zahlen. Und ich weiß, sagte ich zu Vila-Matas, selbstredend weiß ich, dass der argentinische Romancier Rodriguo Esteban geschrieben hat: »Willst du entkommen, musst du dir eine andere Welt einfallen lassen«, und genau das hat meine Schwester getan. Während dieses Gesprächs hielt der Zug weiterhin am Bahnhof Saint-Jean, und ich war immer noch hin und her gerissen: Sollte ich mit meiner Aubusson-Tasche hier aussteigen oder nach Montauban fahren, wo ich eine Art Mini-Vortrag über mein Buch würde halten müssen? Ich war sehr versucht, hier auszusteigen, auch wenn der Mini-Vortrag über mein Buch mich durchaus lockte, denn ich wusste ganz genau, was passieren würde, wenn ich mich für Bordeaux entschied, zumindest am Anfang. Ich würde die baumbestandene Allee entlanggehen, die überall in Frankreich zum Bahnhof führt und von ihm weg, ich würde nicht die Madonna im Schlafcoupé spielen, denn die Angelegenheit war zu ernst, zu real, um sich Fantasien hinzugeben, ich würde zunächst irgendwo einkehren, um einen Kaffee zu trinken und die Atmosphäre von Bordeaux ein wenig auf mich wirken zu lassen, und dann würde ich mich wieder einmal, da ich unter gewissen Umständen dazu neige, für meine eigene Mutter halten. Das heißt, ich würde mich aufrechter, schlanker, eleganter geben, als ich es bin, würde mir ausmalen, woran sie denkt, während sie durch Bordeaux streift, würde mein eigenes Gehirn behutsam wegräumen, um ihr Gehirn in meinem Schädel unterzubringen, ein heikles Unterfangen, keine Frage, das aber seinen Reiz hat, und schon könnte ich in einen Roman eingehen.

Ob ich Vila-Matas am Ellbogen packen würde? Nein. Ich würde ihn im Zug nach Montauban zurücklassen, denn in Bordeaux müsste ich allein sein, dachte ich. Ich würde ihn – sein Einverständnis vorausgesetzt – als meinen Stellvertreter nach Montauban entsenden. In Bordeaux wäre es selbstverständlich Frühling, selbst wenn es überall sonst November war. Ich würde das weiße Kleid aus all meinen Romanen tragen, ein sehr hübsches Kleid mit hervorragender Passform, bestimmt »maßgeschneidert«, und hätte eine Tasche mit einem Verschluss aus Kupfer oder Messing. Ich würde nicht gleich mein Geburtshaus ansteuern, ich würde zuerst zur Promenade von Tourny gehen, denn das Wort hat mir immer gefallen, gefiel mir als Kind, eine schwindelerregende Promenade, passend zum Strudel, der mein Leben schließlich erfasste und verschlang. Ich würde am Grand Théâtre vorbeigehen, würde flanieren, keineswegs so, wie man mir angeboten hatte, durch die Straßen von Bordeaux zu flanieren, von dieser »Autorenresidenz« ausgehend und von diesem »Zimmer für sich allein«, sondern wie ein Schatten, wie das Gespenst, das ich bin, das Gespenst, von dem Ricardo Desso erzählt: »In der Calle Ibanez habe ich Gita getroffen, ach was, spinne ich, Gita ist doch tot, wer war das also?«, und ich würde mindestens vierundzwanzig Stunden warten, bevor ich vor dem Eingangstor meines Geburtshauses herumschlich, in dem zu meiner Zeit, das heißt in meiner frühesten Kindheit, ein Spion eingelassen war, den man aufschieben konnte, bevor man dem Besuch Einlass gewährte oder verwehrte. Das Besondere an diesem Spion war (meine Schwester, sagte ich zu Vila-Matas, sei mit diesem Detail bestens vertraut), dass seine Öffnung ungefähr die Größe eines Kopfes hatte und es ein Leichtes gewesen wäre, den eigenen hineinzustecken, wie auf manchen Juxfotos aus alten Zeiten, und dann reglos zu verharren und so zu tun, als wäre man ein am Tor angebrachtes Medaillon, um die Passanten zu erschrecken.

Ich muss gestehen, sagte ich zu Vila-Matas, der sich im TGV-Wagen tatsächlich auf dem Sitz rechts neben mir niedergelassen hatte und fortan den Platz Nr. 58 besetzte, während er wie ich der jungen Frau uns gegenüber beim Schlafen zusah, dass ich selbst vor gar nicht so langer Zeit, und zwar ausgerechnet in Spanien, am Ausgang der Alhambra den Kopf durch das Loch einer Fotowand aus Pappe gesteckt habe, die eine Gruppe von Beduinen darstellte, und mich so von meinem Lebensgefährten habe ablichten lassen. Das war ziemlich albern. Aber es ist verlockend, so ein Bild von sich, auf dem nur das Gesicht das alte bleibt, Körper, Kleidung und Kontext hingegen verweisen auf eine andere Zeit, einen anderen Ort, andere Umstände, fast so, als malte man sich aus, jemand anders zu sein, nicht wahr? Als ich mich zu ihm umdrehte, kam es mir so vor, als schliefe Vila-Matas ebenfalls, oder vielleicht hatte er nur die Lider geschlossen, und weil die schlafende junge Frau uns gegenüber von so auffallender Schönheit war, dachte ich, dass sie ihn sicher betört hatte und er womöglich versuchte, heimlich mit ihr zu kommunizieren, indem er die gleiche Haltung einnahm wie sie. Ich dachte, wenn ich ihm zuflüstere: »Wie Juan Vélasquez in seinem Roman *Die erhabene Nacht* schreibt: ›Wer schläft, legt einen geheimen Weg zurück, der ihn gelegentlich zur Liebe führt‹«, wird er wohl ein Auge öffnen. Ich hielt mich aber zurück.

Der Zug setzte sich wieder in Gang, und wir verließen allmählich den Bahnhof Saint-Jean. Ich bin also doch nicht in Bordeaux ausgestiegen, dachte ich, dort hat kein neuer Roman begonnen, aber vielleicht war das auch besser, denn es gab ja bereits den Roman, mit dem ich vor Kurzem, vor etwa vierzehn Tagen, angefangen hatte, als Fortsetzung des Romans, den ich ein Jahr zuvor veröffentlicht hatte und den ich am Abend dem Publikum in Montauban würde vorstellen müssen. Inzwischen verspürte ich weniger Angst, denn seit unserer Abfahrt war in diesem Zug so viel vorgefallen, dass ich notfalls ein paar Reiseanekdoten zum Besten geben könnte, dachte ich. Ich müsste es nur mit Freude tun, und nichts ist leichter als Freude, solange man glauben und hoffen kann. Und ich war ja stets von Glaube und Hoffnung erfüllt, wie ich noch an diesem Abend dem Publikum in Montauban sagte, das seinerseits von Glaube und Hoffnung erfüllt war. Ich glaubte an die Möglichkeit, ein Kunstwerk zu erschaffen, ich glaubte, dass es mir gelingen könnte, und vor allem glaubte ich, dass ein Kunstwerk die präziseste und erfreulichste Weise war, das Leben zu leben. Vila-Matas nickte. Ich würde die Geschichte vom Spion im Haustor erzählen, von der Fotowand mit den Aussparungen für Kopf und Gesicht, durch die man zum Spaß die Gestalt wechseln kann. Tatsächlich könnte ich eine ganze Menge erzählen, eingedenk des Rats einer meiner Verlegerinnen: »Für den Fall, dass eine unerwartete Frage Ihnen die Sprache verschlägt, sollten Sie immer ein oder zwei konkrete Aspekte Ihres Buches benennen können. Es ist nicht weiter schlimm, wenn Sie damit nicht wirklich auf die Frage eingehen.« Im Lauf der Zeit entpuppte sich dieser Rat als äußerst wertvoll, denn obwohl ich oft »daneben« antwortete, wie der Vater im Roman von Inès, wirkten die Besucher der »literarischen Begegnung« zu meiner Verblüffung ganz zufrieden.

Da Brigitta sich zwischendurch die Mühe gemacht hatte, mich kurz an meinem Platz aufzusuchen und ein wenig mit mir zu plaudern, dachte ich, es wäre nett, ihr einen Gegenbesuch abzustatten, bevor wir Montauban erreichten. Ich ließ Vila-Matas seinen Pseudoschlaf schlafen, der eine Pseudoliebschaft mit seinem bezaubernden Gegenüber anbahnen sollte, von der er selbstverständlich in seinem nächsten Roman berichten würde, und begab mich zum Platz Nr. 38, den ich verwaist vorfand. Ich nahm sofort an, dass Brigitta, die so feurig, so kühn war und vor nichts zurückschreckte, eine Frau verführt hatte und sich gerade in der Zugtoilette mit ihr vergnügte, doch als ich zu meinem Sitz zurückwollte, tauchte sie in ihrer leuchtend gelben Bluse am anderen Ende des Gangs auf. Ich bin eine rauchen gegangen, ich konnte nicht mehr, flüsterte sie mir zu. Sie habe ihren Auftritt für diesen Abend vorbereitet, aber schon vor zwei Tagen zu Hause in Berlin, und jetzt sehe ich mir einen Film an, sagte sie. Diesen berühmten Film, in dem der Performer Vitellio Vitelli einen Käfig betritt, in dem vier Löwen auf so etwas wie Hockern thronen. »Ich will nicht bändigen«, sagt Vitellio Vitelli mit lauter Stimme, im Käfig, und kehrt den Löwen dabei den Rücken zu. »Ich will auf keinen Fall beherrschen. Alle Künstler wollen beherrschen, während sie das Gegenteil vorgeben. Ich lehne das kategorisch ab.« Brigitta betrachtete die Landschaft, die am Fenster vorbeizog. Darüber werde ich morgen in Montauban sprechen, sagte sie, darüber, dass ich nicht beherrschen will.

Als ich zu meinem Platz zurückkehrte, fiel mir auf, dass ich Vila-Matas allmählich vergaß, den schlafenden Vila-Matas, der im tiefen Sitz am Platz Nr. 58 seinen nächsten Roman in Angriff nahm, und dass mein Bordeaux-Roman sich nach und nach wieder in mir ausbreitete. Ich konnte nicht vor dem Tor meines Geburtshauses stehen bleiben, auch nicht als Medaillon am Spion. Selbstverständlich wollte ich den Garten betreten und ins Haus gelangen, aber mir war nicht klar, wie ich das bewerkstelligen sollte, es sei denn, ich klingelte oder suchte nach einer Öffnung in der Gartenmauer. Ich erinnerte mich an eine kleine Hintertür, die aber schon seit Langem versperrt war. Trotzdem schlüpfte ich in die enge kühle Gasse, wo ich mich diesmal wirklich wie ein Gespenst ausnahm, dachte ich, inzwischen zu einem Figürchen geschrumpft, und legte die Hand auf den Griff. Die Tür ging auf. Und so betrat ich meinen Geburtsgarten, während Vila-Matas sich neben mir im TGV nach Montauban im Tiefschlaf befand, was mir offenbar half, weiterzukommen und sämtliche Hindernisse auszuräumen. Es war wohl schon Abend geworden, denn im Erdgeschoss waren ein paar Fenster erleuchtet, ich näherte mich auf dem krümelig knirschenden Kiesweg und blieb lange in der nächtlichen Kälte stehen (in meinen Romanen trug ich immer nur dieses eine weiße Kleid und dazu nie eine Jacke oder einen Mantel), verborgen in einer Fensterecke, und traute mich noch nicht, einen Blick hindurch zu werfen. Siehst du, flüsterte ich Vila-Matas zu, gleich werde ich spionieren. Und er war hellwach, denn er zitierte sogleich den folgenden Satz des paraguayischen Schriftstellers Eduardo Quirès: »Nimm dich vor gefräßigen Gespenstern in Acht.«

Wollte ich denn wirklich durch dieses Fenster blicken und mir die verbotenen Szenen aus der Vergangenheit ansehen? Es ist stets vage, aber doch mit einigem Nachdruck verboten, den Weg zurück zu beschreiten. Wollte ich das nicht lieber aufschieben, nicht weiter im Roman vordringen, sondern im Zug nach Montauban verweilen und mit diesem Romananfang spielen wie der kleine Ernst mit seiner Fadenspule, hin und her, vor und zurück, fort und da? Ein Sehnsuchtsspiel, flüsterte ich Enrique zu. Man verharrt doch auch gern so auf der Schwelle, nicht wahr? Allein dieses Gefühl, dass man darüber kippen könnte, ist schon sehr angenehm, sehr beglückend. Manchmal, sagte ich zu Enrique, sogar fast angenehmer und beglückender, als tatsächlich einzudringen, nicht wahr? Enrique ist kein Freund sexueller Metaphern, er findet sie billig, zu Recht. Ich musterte kurz sein Profil und überlegte, ob man es als »klassisches Profil« bezeichnen könnte, entschied mich dann aber für »Rundplastik« und döste schließlich selbst ein, und bestimmt wurde die junge Frau uns gegenüber just in diesem Moment wach und verließ unseren Wagen, denn als ich bei Ansage des Bahnhofs von Montauban die Augen öffnete, war sie weg.

Ich hatte Montauban noch nie gesehen, und die Stadt schien mir recht hübsch zu sein, mit vielen Backsteingebäuden und einem breiten Fluss. Wir wurden am Bahnhof abgeholt und sollten mit dem Auto in unsere Hotels gebracht werden, doch als Brigitta einen Wagen bestieg, öffnete man für mich die Tür eines anderen, und dort sah ich die junge Frau, die unablässig geschlafen hatte, auf der Rückbank sitzen, ihre großen, glänzenden schwarzen Augen waren im Halbdunkel geöffnet, während unser Fahrer ihr Cello in den Kofferraum lud. Clara – sie nannte ihren Namen und drückte mir die Hand – war nämlich Musikerin und nahm als solche am Festival teil. Offenbar war ihr überhaupt nicht klar, dass wir einander praktisch sieben Stunden lang im Zug gegenübergesessen hatten. Ich begriff aber, woher ihr Schlaf rührte, als sie dem Fahrer, der zum Festivalteam gehörte und den sie wohl bereits kannte, erklärte, sie habe am Vorabend in Lille gespielt, sehr spät, und hoffe, fit genug zu sein, um am heutigen Abend beim Konzert in Montauban mitzuwirken.

Ich hatte keine Ahnung, wo Vila-Matas abgeblieben war. Es fühlte sich so an, als hätte ich ihn im Zug zurückgelassen und als würde er bis Toulouse weiterfahren. Wie ärgerlich, in Toulouse hatte ich ja nichts vor. Für meinen Geschmack entfernte er sich etwas zu sehr von mir, das war gefährlich, denn ich brauchte ihn an meiner Seite, um mich dem Hotel zu stellen, dem Zimmer, den Veranstaltern, Inès, der ich zwar die liebenswürdige Einladung verdankte, die ich aber dennoch kaum kannte, vom Publikum im Grand Théâtre ganz zu schweigen, wobei ich nicht vor dem Publikum Angst hatte, sondern vor mir, vor meiner innerlichen Abwesenheit. Sei präsent, ermahnte ich mich im Lift, mit dem ich zu meinem Zimmer hinauffuhr, du musst einfach präsent sein, Punkt. Und ich unternahm diese Anstrengung, die ich oft auch in meinen Liebesbeziehungen unternommen hatte, gewissermaßen den Versuch, mich selbst umzukehren. Als stünde man zwischen zwei Spiegeln, einer zeigt die Vorderansicht, der andere den Rücken, und müsste sich umdrehen. Mach dir bewusst, dass Montauban eine reale Stadt ist, ermahnte ich mich. Denk immer daran, dass die Veranstalter, Inès, dieser Abend real sind und keine Ausgeburt deiner Fantasie. Am besten gehst du vorher noch einmal raus. Dann bekommst du einen klaren Kopf. Ein wenig frische Luft und der Anblick von Passanten tun dir immer sehr gut.

Als ich das Hotel verließ, fiel mir sofort auf – und das hatte ich bei unserer Ankunft schon aus dem Augenwinkel bemerkt –, dass der Platz davor mich an einen römischen Platz erinnerte, den ich in einem Film gesehen hatte. Dort betrat eine alternde, aber wunderschöne Anna Magnani ihr Wohnhaus durch das halb offene Tor einer riesigen Hofeinfahrt. Sie lächelte breit und winkte kurz in Richtung Kamera. Wenn man ihn aber anders, etwa leicht blinzelnd, betrachtete, ähnelte dieser Platz auch dem von

Mauriac im Cantal, vor der Kirche, wo die Hälfte der Geschäfte und Cafés scheinbar für immer geschlossen sind. Ich sagte mir, dass ich im Lauf meines Lebens schon viele Plätze gesehen hatte, Hunderte vermutlich, und dass es vielleicht nicht besonders sinnvoll wäre, daraus einen ganzen Roman zu machen. Wenn ich in Fußgängerzonen unterwegs war, nun da sämtliche Städte über die immergleichen Fußgängerzonen verfügen, erkannte ich die von Aurillac wieder, wo mein Vater gestorben war und wo ich, um nach meinem Besuch im Krankenhaus ein wenig durchzuatmen, wie immer durch die Straßen streifte, aber auch die von Kopenhagen oder Genf. Im Grunde gibt es in allen Städten dieses Netz aus identischen Wegen, dachte ich, sodass es einem schwerfällt, sowohl Fantasie als auch Gedächtnis in Zaum zu halten, und ich staunte darüber, dass jede Einzelheit mir etwas in Erinnerung rief, jede Einzelheit eine Kette von Assoziationen hervorbrachte, vor denen ich mich hin und wieder in Acht nehmen sollte, sagte ich mir, denn eines Tages werden dich diese Ketten womöglich noch fesseln.

Ich brauchte unbedingt etwas zu trinken. In der Minibar im Hotel gab es keinen Alkohol. Ich brauchte zwei, drei hochprozentige Schlucke, bevor ich mich in diesen realen Abend begab, an dem ich präsent sein musste. In dieser Hinsicht war ich viel vernünftiger als früher, als ich gelegentlich etwas zu tief ins Glas geschaut hatte. Alkohol hatte in meiner Familie eine große Rolle gespielt, da mein Vater und meine Schwester manchmal dringend auf dieses Hilfsmittel angewiesen waren, aber wozu?, hatte ich mich oft gefragt. Darüber hatte ich eine Menge Theorien aufgestellt, doch in Montauban begriff ich, dass es ihnen um Präsenz ging. Drei hochprozentige Schlucke lassen einen präsenter sein als gar kein Schluck. Ich ging in ein Lebensmittelgeschäft und kaufte wahllos ein Schnapsfläschchen. Ich hatte schon immer Probleme mit dem Wort Fläschchen gehabt, das ich unweigerlich »Fälschchen« aussprechen wollte. Fläschchen: vom Althochdeutschen (ich liebe alles, was aus dem Althochdeutschen stammt) *flaskā* (Flasche), umgangssprachlich »Flachmann«. Im Französischen *flasque* (nicht zu verwechseln mit *fiasque*). *Flasque*: Metallflasche für den Transport von Quecksilber, lat. *Mercurius*, sagte Google. Und wie gut ich Merkurs Hilfe gebrauchen konnte, um zu kommunizieren! Bezeichnet außerdem die Pulverbüchse von Arkebusieren und Musketieren, sagte Google ferner. Und ich war auf Pulver angewiesen, ja, um wie ein Feuerwerk zu sprühen. *Flasque*: Seitenteile der Kanonenlafette, sagte Google noch, denn Google lässt nichts aus. Eine Kanone wäre vielleicht ein zu großes Geschütz. *Flasque*: Abwandlung von »flache«, *flaccus* im klassischen Latein, »dem es an Festigkeit mangelt«. War ich etwa nicht fest genug? Keineswegs, ich war immer noch fest, wenn auch nicht immer an der richtigen Stelle. Siehe auch *fiasco*, riet Google. Fiasko war mir durchaus schon in den Sinn gekommen.

Mit dem Fläschchen in meiner Handtasche fühlte ich mich bereits präsenter, eher in der Lage, präsent zu sein. Da war es nicht einmal mehr wirklich nötig, einen Schluck zu trinken. Mir fiel ein amerikanischer Literaturwissenschaftler ein, der mir betrübt erzählt hatte, der hochberühmte französische Schriftsteller R. sei sturzbetrunken zu einer »literarischen Begegnung« in New York erschienen, wobei ich sehr gut nachvollziehen konnte, warum R. sturzbetrunken erschienen war. Er wollte präsent sein. Glauben

Sie ja nicht, sagte ich zu den Lesern in Montauban, in Gedanken, noch bevor ich sie überhaupt zu sehen bekam, dass das so leicht ist. Dass man einfach so präsent sein kann. Nein, kann man nicht, und man muss diese Drehung vor dem Spiegel vollführen, sich umkehren, umstülpen, als wäre man ein Handschuh. Im Hotelzimmer trank ich nur zwei Schlucke. Drei? Drei vielleicht, aber nicht mehr. Ich wollte nicht betrunken sein, ich wollte mich benehmen. Mein Kleid für diesen Abend zog ich mit der gleichen Niedergeschlagenheit an, die ich beim Aufstehen um sechs Uhr früh verspürt hatte. Als sollte ich einer Hinrichtung beiwohnen. Ich schalt und tadelte mich (seltsamerweise in der Sprache des 18. Jahrhunderts, aber das lag wohl daran, dass mich das Wort »Hinrichtung« an die Guillotine denken ließ): Was zierst du dich so, sagte ich mir. Du bist doch nur in Montauban. Montauban ist ein bezauberndes Städtchen, dieses Festival durchaus ergötzlich, aber es ist nicht das erhabenste Podium, es nicht der Gipfel, du warst schon bei Dutzenden solcher »Begegnungen«, sogar bei einigen viel bedeutsameren, warum also diese Panik, das ist einfach absurd.

Ich ärgerte mich, dass die Umstände – der Zwang, an diesem Abend Rede und Antwort zu stehen – mich davon abhielten, das zu tun, wozu ich mich gerade jetzt imstande fühlte, nämlich mit meinem neuen Roman über Bordeaux anzufangen. Aber so erging es mir oft. Just in dem Moment, in dem ich mich gewissen Pflichten, Verpflichtungen, die ich selbst aus freien Stücken eingegangen war, nicht mehr entziehen konnte, fühlte ich mich nach Wochen oder Monaten der Ohnmacht endlich imstande, diesen heiß ersehnten Text zu beginnen, der in meiner langen Zeit der

Freiheit und Muße ausgeblieben war. Und weil die inbrünstig erwartete Ankunft eines neuen Romans so bedeutend erscheint, dass alles andere im Leben ihr weichen und in den Hintergrund rücken muss, Liebe, Freundschaft, weitere Beschäftigungen – und tatsächlich lassen sich am Ende alle davon überzeugen, alle sind sich darin einig, dass dieser im Werden begriffene Roman absoluten Vorrang hat –, wog ich den Abend im Grand Théâtre einen Moment lang gegen die drängende Aufgabe ab, mit meinem Roman anzufangen, gleich hier und jetzt im Hotelzimmer in Montauban. Ich war der Meinung, dass nach dem Schock meiner Absage, wenn ich die Veranstalter informiert hätte, alle Welt sich einig wäre und sich dem beugen würde: die Veranstalter, das Publikum und Inès, vor allem Inès, sie würde das sehr gut verstehen, denn sie war genau so wie ich.

Manche Autoren sind für solche Rückzieher in letzter, in allerletzter Minute bekannt. So reise P. durchaus bis ins Land, in das er eingeladen wurde, hatte mir meine Verlegerin erzählt, bis in die Stadt, bis zum Hotel, und dann, zehn Minuten bevor man ihn abholt, um ihn je nachdem zum Podium oder Hörsaal zu begleiten, lasse er sich entweder hanebüchene Ausreden einfallen, die kein Kind ihm abnehmen würde, oder tauche gleich völlig ab. Und am nächsten Morgen werde er in einem benachbarten Hotel entdeckt, wo ein anderer eingeladener Autor ihm zufällig begegnet ist. Meistens habe er allerdings nichts zustande gebracht, erzählte meine Verlegerin, seine Schuldgefühle seien so heftig gewesen, dass sie ihn davon abgehalten hätten, an jenem im Werden begriffenen Roman zu arbeiten. Und ich hatte überlegt, ob sie mich damit vielleicht auf behutsame Weise warnen wollte. Unterdessen blickte ich aus dem Fenster meines Hotelzimmers, das auf die Apsis der Kathedrale hinausging, dachte an meinen Vater, der mir einmal die Fassade des Hauses gezeigt hatte, in das er als Jungvermählter gern mit meiner Mutter eingezogen wäre, gleich hinter einer Kirche, und sagte mir, auch hier beginnt ein Roman, es gibt Momente, in denen allenthalben Romane beginnen, egal, wohin man blickt. Das ist wie eine Feuersbrunst, sagte ich mir, wie der Abhang eines Vulkans, wenn überall Fumarolen austreten, und natürlich dachte ich umgehend an Neapel, an Rossellinis *Reise in Italien* oder *Stromboli*, an Ingrid Bergmans große Plattfüße am Abhang des Vesuvs, während ihre Ehe zerfällt, aber auch an meine eigene Reise nach Italien, während der ich mich so heftig mit Guillaume gestritten hatte, dass wir uns schließlich trennten.

Nein, sagte ich mir, du wirst keinen Rückzieher machen. Du wirst keine so grobe, so kindische Unhöflichkeit begehen. Weil die ZEIT aber eine vollkommen andere wird, sobald ein Roman beginnt, und in einer Minute eine, zehn ganze Stunden stecken (wie die Sehnsucht nach Julia ihrem Romeo die Stunden dehnt), wusste ich, dass mir noch Stunden für einen Entwurf blieben, auch wenn man mich jetzt bald abholen würde. Ich blickte in die Ferne, für den Fall, dass Anna Magnani über den Platz ginge, mit ihrem Helm aus schwarzem Haar und ihrem breiten, leicht raubtierhaften Lächeln. Das könnte ich den Leuten erzählen, die abends kommen würden, um mir zu lauschen: Wie ich soeben auf einem Platz in Montauban Anna Magnani begegnet war, und dann würde ich mich mit ihnen auf die Suche machen. Wir würden »ein Event daraus machen«, wie man heutzutage sagt, würden alle aus dem Grand Théâtre strömen, das Publikum und ich, und würden die ganze Nacht lang im Gänsemarsch durch Montauban ziehen und sämtliche Straßen und Plätze nach Anna Magnani absuchen. Ich dachte, dass ich auch früher schon solche leicht größenwahnsinnigen Einfälle gehabt hatte, diese Lust, *duce* und Regisseur einer Truppe zu sein, eine ähnliche Lust wie die von Brigitta vermutlich, als sie mir von ihrem Verlangen nach einer kollektiven Performance erzählt hatte, doch was mich im Hinblick auf meine Motivation ein wenig beruhigte, war der Umstand, dass ich eher spielen als herrschen wollte.

Damals, als mein Vater und meine Schwester noch lebten, hegte ich einen größenwahnsinnigen, im Grunde aber recht harmlosen Wunsch, sagte ich mir in meinem Hotelzimmer in Montauban. In der Nähe von Ruys-en-Montagnes gibt es einen See, den wir über alles liebten und wo wir seit Generationen den ganzen Sommer lang badeten und schwammen. Die innige Liebe zu diesem See wurde weitervererbt wie ein Familienunternehmen. Um aus Ruys-en-Montagnes, das in meiner Vorstellung schon immer sehr viel Platz eingenommen hatte, etwas zu machen, malte ich mir aus, wie ich diesen See trockenlegen und dort sämtliche Einwohner von Ruys-en-Montagnes im Gänsemarsch vorbeidefilieren lassen würde, um sie vom Ufer aus frontal zu filmen, wie bei einem Video von Bill Viola. Aus unerfindlichen Gründen stellte ich mir vor, dass unter diesen Menschen auch Tote wären, die zur allgemeinen Verblüffung auf dem Filmstreifen in Erscheinung treten würden. So schritte zwischen dem Zahnarzt und der Kurzwarenhändlerin von Ruys-en-Montagnes leicht gebeugt in ihrem langen schwarzen Kleid meine um 1880 geborene Urgroßmutter einher, die ich nicht gekannt hatte, und andere Vorfahren, und dann Vorfahren von anderen Einwohnern von Ruys-en-Montagnes. Ein Aufmarsch von Lebenden und Toten also, wie zu einer Einschiffung sowohl nach Kythera als auch für die Überquerung des Acheron. Mit diesem Unterfangen hätte ich vielleicht ein gewisses künstlerisches Renommee erlangt, dachte ich, aber etwas an dieser Idee störte mich, Menschen schauspielern zu lassen, die keine Schauspieler waren, und ohnehin setzte ich lieber alles in Bücher um, die einzige für mich taugliche Währung, sagte ich zu Clara, die gerade bei mir angeklopft hatte.

Man hatte sie gebeten, meine abendliche Lesung mit einer musikalischen Improvisation zu begleiten, und es tat ihr schrecklich leid, aber sie habe keine Zeit gehabt, mein Buch zu lesen, und habe die ganze Zugfahrt hindurch geschlafen, weil sie so erschöpft gewesen sei von ihrem Konzert am Vorabend in Lille. Weil das Zimmer ziemlich klein war, wies ich ihr zum Sitzen das Bett zu und nahm mir einen Stuhl, um mit ihr zu plaudern. Ihre Schönheit entzückte mich. Sie erinnerte mich an eine andere junge Frau, die ich ebenfalls in einem Zug gesehen hatte, nicht schlafend, sondern im Gegenteil höchst lebhaft, zu lebhaft, ohne Unterlass schwatzend, und die jener Figur aus *Giacomo Joyce*, über die Joyce schreibt: »... seh ich durch die Öffnung des schwarzen Schleiers ihren geschmeidigen Leib in eine orange Chemise gehüllt. Die läßt ihre Bändervertäuungen an den Schultern abgleiten und fällt langsam: ein geschmeidiger glatter nackter Leib an dem silbrige Schuppen schimmern«, zum Verwechseln ähnelte, sodass ich sie tatsächlich verwechselt hatte und sogleich dachte, sie wäre ganz frisch vermählt, sicher erst seit dem Nachmittag, und führe nun in die Flitterwochen mit dem ebenfalls sehr schönen jungen Mann, der sie mit den Worten zu beruhigen versuchte: »Willst du nicht schlafen? Du solltest ein wenig schlafen.«

Als ich in die Hotellobby hinunterging, weil man mir gerade telefonisch mitgeteilt hatte, dass Inès schon unterwegs sei, um mich abzuholen, erblickte ich im hinteren Bereich der Lounge den etwas massigen Rücken einer Gestalt, die ich auf Anhieb zu erkennen meinte. Beim Geräusch meiner Schritte drehte sie sich halb um: Aber ja, er war's, Vila-Matas, der auf Toulouse verzichtet hatte, auf seinen Toulouse-Roman, in dem die schöne Cellistin aus dem Zug eine zentrale Rolle spielte, um aus Solidarität bei mir zu bleiben, bis ich meinen Text beendet hatte. Ich staunte nicht schlecht. Kafka, sagte ich zu ihm, hätte so etwas fertiggebracht, doch außer Kafka fällt mir kaum jemand ein. Proust hätte sich aus Furcht vor der Zugluft in Montauban wortreich entschuldigt, Rousseau hätte Blasenbeschwerden gehabt und mich deswegen nicht begleiten können, Walser hätte das Tarn-et-Garonne zu Fuß durchqueren wollen, lieber Enrique, mit dieser Geste begibst du dich auf den Pfad der Heiligkeit. Und wir zitierten beide im selben Moment denselben Satz eines indianischen Romanciers, er ging im Lärm der ankommenden und abreisenden Gäste unter, die den Rollkoffer, der den Globus erobert hatte, hinter sich her schleiften oder vor sich hin schoben.

Diese Rollkoffer schienen auf Vila-Matas eine gewisse Faszination auszuüben. Er betrachtete sie, als wäre jeder einzelne ein Tresor mit Geheimdokumenten und Plänen von Geheimanlagen. Und mir fiel auf, dass aus seiner rechten Manteltasche mehrere Werkzeuge ragten, darunter eines, das nach Brechstange aussah, und eine Feile. Er war offensichtlich bestens ausgerüstet. Außerdem wusste alle Welt, dass er ein Spion war, er hatte daraus nie einen Hehl gemacht. Bestimmt knackte er Safes mit der Lässigkeit eines James Bond und dechiffrierte mühelos kodierte Nachrichten. Mir war daran gelegen, dass Inès nicht allzu schnell eintraf, denn jetzt verspürte ich den dringenden Wunsch, mich erneut an einen neuen Roman zu setzen, dessen Titel lauten würde: *Einer reist mit*. Ich hatte dieses Buch klar vor Augen. Es würde mit meiner Abreise aus Paris in aller Frühe beginnen, sich im Zug fortsetzen und gewiss in Montauban enden. Ich sagte mir, es sei ein großer Fehler, sich vor »literarischen Begegnungen« zu fürchten, die mir im Grunde meistens viel Anregung schenkten. Nach einer solchen Begegnung zum Thema »Leidenschaft« in Verdun hatte ich nicht nur eine Liebesgeschichte verfasst, sondern mich dabei gleich selbst verliebt, und nach einer anderen in Carcassonne über die »Fertigung von Romanen« hatte ich einen Roman über die Fertigung von Romanen geschrieben.

Wenn ich nämlich in einer dieser Städte eintraf, wo man (eine Handvoll Leute) mich erwartete, sei es Orléans, dessen Herz für mich mein Freund war, der Schriftsteller Benjamin Jordane, sei es Tours, wo ich niemanden kannte außer einem uralten Verflossenen, den ich schon lange aus den Augen verloren hatte, wobei auch er eine Art Herz bildete, sei es Lille, Marseille oder Grenoble, hatte ich das Gefühl – vielleicht weil man mich dort mit Wohlwollen empfing, mit der Bereitschaft, mir eine eigentümliche Wertschätzung, eine eigentümliche Herzlichkeit zu erweisen, und all das nur, weil ich schrieb –, in den Schoß der Familie zurückzukehren, die mich liebte und deren Herz ich war. Und dann war ich wieder hin und her gerissen – zwischen dem Eindruck, es sei völlig normal, dass ich in dieser Situation das Herz bildete, dass das Wohlwollen, die Herzlichkeit, das Interesse, das man mir entgegenbrachte, exakt meiner Bestimmung entsprach, und der leisen Angst, dass hier vielleicht eine Verwechslung vorlag, dass man mich für jemand anderen hielt, dass die Person, die in meiner Gestalt so viel Zuspruch erfuhr, nicht ich war, sondern eine andere. Und so übertrieb ich es manchmal, nicht unbedingt mit der Bescheidenheit, aber mit der Ungekünsteltheit, im Versuch, diese Wertschätzung, die mir überzogen erschien, zu untergraben und sie mir gleichzeitig doch zu erhalten, denn vor allem liebte ich dieses Gefühl von Zusammengehörigkeit, die Art von Beziehung, die mich wirklich begeisterte, die mir eine intensive Freude bereitete, eine Freude, die ich nicht in Großbuchstaben schreibe, weil es sich nicht um die spirituelle FREUDE handelt, sondern um ihre kleine Stellvertreterin unter bestimmten Umständen.

Als Inès die Hotellobby betrat, wo Vila-Matas und ich beide wie im Zug in unseren Sesseln saßen, war ich auf Anhieb entzückt, sie so wiederzusehen, wie sie mir gefallen hatte: groß, schön, jung, witzig, mit vergnügter Miene und voller Elan. Ich musste mir in Erinnerung rufen, dass ich Inès kaum kannte und ihr also nicht gleich wie einer engen Freundin begegnen konnte, »doch meine gewaltige Sehnsucht nach Zusammengehörigkeit bringt mich immer dazu, jeden und jede als enge alte Freundin, engen alten Freund zu behandeln, wenn sie mir gefallen und mir offenbar Gutes wollen«, wie Sancho Duciez schreibt. Und natürlich habe ich einiges mit Sancho Duciez gemein. Als ich im Auto neben Inès saß, deren Charme und deren Worte mir ausnehmend gut gefielen, dachte ich, dass diese Angewohnheit von Vila-Matas, ständig Sätze von erfundenen Schriftstellern zu zitieren, obwohl er einfach »ich« hätte sagen und sie für sich hätte beanspruchen können, wohl in erster Linie eine Art von Zurückhaltung war. Anstatt zu sagen »ich meine, dass«, sagte er: »Ricardo (oder Antonio oder Pietro) meint, dass«. Natürlich konnte er auf diese Weise auch Ricardos, Antonios und Pietros in seine Romane einführen, was angenehm war, denn so kam einiges an Personal zusammen. Und dann sagte ich mir, dass ihm das Wort »ich« vielleicht ab und zu schwerfiel, dass er vielleicht nicht immer dieses »ich« traf, das nicht man selbst ist. Und dann nahm er als Ersatz Antonio, Ricardo, Pietro. Oder Alba, Paula, Rita, denn er scherte sich nicht um sein Geschlecht.

Ich begriff nicht ganz, warum wir Montauban verließen und eine Landstraße entlangfuhren. Inès erklärte mir, dass das »Grand Théâtre« in Wirklichkeit der Name eines Vereins war und nicht, wie ich angenommen hatte, das Theater von Montauban bezeichnete. Aber es gefiel mir, nach Einbruch der Dunkelheit übers Land zu fahren. Ich habe mich immer gern entführen lassen. Und hier behaupte ich nicht: wie XY, denn kein XY kann das an meiner Stelle behaupten. Ich, die ich hier schreibe, wünsche mir nur eines, ich will entführt, will wie die Sabinerinnen geraubt werden, und zwar aus Liebe. Wobei Liebe für mich bedeutet – und nun wandte ich mich Vila-Matas zu, der selbstredend mit uns fuhr, und sah ihn viel ernster an als bisher –, dass mein Gegenüber zuvorkommend, hilfsbereit, geduldig ist. Wer mich liebt, sagte ich zu Vila-Matas, wird bereitwillig zu meinem Privatsekretär, meinem Botschafter, meinem Agenten, meinem Diener. Wobei, sagte ich zu Vila-Matas, sagte ihm, was ich bisher niemandem je gesagt hatte: Ich hätte mich ja gern entführen lassen, ich war eine Frau, die es zu entführen galt, was natürlich einiges an Kraft voraussetzte, denn ich konterte jeglichen Entführungsversuch mit eisiger Kälte. Aber ich hätte mich gern entführen lassen, um ins Leben hineinzufinden. Verstehst du, sagte ich zu Vila-Matas, und redete dann nicht weiter, weil ich einen Aussetzer hatte.

Als wir schließlich an einem Dorfplatz ausstiegen, nahmen uns mindestens fünf, sechs Frauen in Empfang, darunter die Leiterin der Mediathek, in der wir auftreten sollten. Sie sahen aus wie auf einem biblischen Gemälde des 17. Jahrhunderts, Typ heilige Frauen bei der Kreuzabnahme oder Graböffnung. Selbst in einem Dorf kann man Held sein. Ich fühlte mich als Heldin auf dem Kapitol. Brigitta stand etwas abseits unter einem Vordach; obwohl sie erst am nächsten Tag auftreten sollte, hatte sie den ganzen Weg von Montauban bis zu diesem Dorf auf sich genommen, um meiner »Begegnung« beizuwohnen. Als ich sie mit ihrem kurzen schwarzen Haar und ihrer grünen Jacke (sie hatte sich für den Abend umgezogen) so hochgewachsen und konzentriert im Dunkeln stehen sah, fragte ich mich, ob ich imstande gewesen wäre, für sie das Gleiche zu tun. Vermutlich nicht. Ich hätte ihr zur Unterstützung eine SMS geschickt, hätte ihr auf diese Weise meine Zuneigung bekundet, wäre aber wahrscheinlich im Hotel geblieben, um fernzusehen und dabei am Fenster zu rauchen. Ich war sehr erstaunt, als ich sah, wie sie auf Vila-Matas zuging und ihm die Hand drückte, doch dann fragte ich mich plötzlich, ob sie mir nicht tatsächlich in einem Roman von Vila-Matas das erste Mal begegnet war. Doch, ganz bestimmt. Und weil es, wenn ich meine

Bücher schrieb, immer einen Moment gab, in dem ich an Capri dachte, wo ich in meiner Jugend ein paar Ferientage verlebt hatte, führte ich zwischendurch oft eine Figur auf Capri ein, wie ich es mit Brigitta getan hatte, auf diese Weise winkte ich von fern meiner Jugend zu, die ja nicht immer, wie Charles Trenet sang, »in den Bergen gelaufen«, sondern auch in Italien herumspaziert war, unweit von Neapel, vom Vesuv und von den Fumarolen, die den Beginn eines Romans anzeigten.

Der Verein »Le Grand Théâtre« hatte hervorragende Arbeit geleistet, denn der Zuschauerraum der Mediathek war voller Leser, die sich offensichtlich auf den baldigen Auftritt freuten. Ich stehe gern im Mittelpunkt, sagte ich mir, ich stand schon immer gern im Mittelpunkt und hatte mich oft gefragt, wie manche Menschen, im Grunde die meisten, damit leben konnten, nicht im Mittelpunkt zu stehen. Ich hatte darüber nachgedacht, ob nicht vielleicht sie die echten Spione waren. Wir hingegen übertreiben immer viel zu sehr, sagte ich zu Vila-Matas, der mich nicht hörte, da er am anderen Ende des Raums mit Brigitta plauderte. Enrique!, sagte ich. Und er drehte den Kopf in meine Richtung. Wir setzen doch ständig alles daran, im Mittelpunkt zu stehen, wiederholte ich. Und warum? Haben wir etwa solche Angst, dass wir verschwinden, ja sogar sterben könnten, wenn man uns nicht voller Erwartung und vorauseilender Liebe anblickt? In meinen Augen hatte Enrique ein wahres Meisterstück vollbracht: Da er in seinen Büchern gelegentlich das Zimmer in seiner Wohnung in Barcelona erwähnte, in dem er schrieb, ohne es näher zu schildern, es blieb bei der Erwähnung – das Zimmer ging auf eine Straße hinaus –, sah ich jedes Mal, wenn ich an Enrique dachte, vor allem aber jedes Mal, wenn ich eins seiner Bücher las, wie er gerade die Geschichte schrieb, die ich gerade las, in seiner Wohnung in Barcelona, über deren Zimmeranzahl ich manchmal spekulierte, so wie ich mich unter anderem fragte, ob sein Arbeitszimmer wohl zur Geräuschdämmung mit Teppichboden ausgelegt war. Ich stellte außerdem Mutmaßungen über seine Bibliothek an. Ob in seinem Arbeitszimmer auch so ein bequemer Sessel stand wie im Erste-Klasse-Wagen des Zugs nach Montauban, in den er sich ab und zu sinken ließ, um eine Passage aus diesem oder jenem Lieblingsbuch nachzulesen, das er soeben aus dem Regal genommen hatte? Wahrscheinlich ja. Und ich hatte sogar das Gefühl, dass der Teppichboden flaschengrün war, eine Art gedämpftes Grün, genau wie der Stoff, mit dem der Sessel bezogen war.

Tatsächlich war ich, ohne Wissen des doch so gewitzten Vila-Matas, oft in sein Arbeitszimmer eingedrungen, während er schrieb. Zwar diskret, aber ich hatte einen Generalschlüssel und setzte mich dann in den grünen Sessel. Ich sah Vila-Matas nicht wirklich an, ich ließ meinen Blick aus dem Fenster schweifen, das auf eine Straße in Barcelona hinausging. Ich sagte mir, jetzt bist du in Spanien, und das gefiel mir. Ich sagte mir, komisch, dass du jetzt derart von einem spanischen Schriftsteller angetan bist, da ich bisher vor allem deutsche oder deutschsprachige Schriftsteller geliebt hatte. Es kann aber durchaus sein, sagte ich mir, als die Veranstaltung begann und Inès mich den Lesern mit so herzlichen wie wohlgesetzten Worten vorstellte, dass Enrique in gewisser Hinsicht ein wenig deutsch ist. Meiner Meinung nach eher deutsch als spanisch. Und so erstaunte es mich kein bisschen mehr, dass er nach Kassel gereist war, denn das passte viel besser zu ihm, als nach Córdoba, Madrid und sogar London oder Shanghai zu reisen. Bestimmt suchte er etwas in Deutschland, so wie ich etwas in der deutschen Literatur gesucht hatte. Bestimmt suchte er nach einer Sprache, die sich erst selbst erfinden musste.

Der Abend verlief sehr gut. Der Moderator stellte mir Fragen, auf die ich mit Antworten auf andere Fragen, die er mir nicht stellte, antwortete, aber das Ganze nahm gehörig an Fahrt auf, schlug wirbelnde Funken, steigerte sich immer mehr, alle wirkten froh, und da ich beim Reden zugleich eine Art Stethoskop an jedes einzelne Herz legte, hörte ich, dass man mich liebte, meinen Worten mit Vergnügen lauschte, mit mir zufrieden war. Ganz hinten im Raum deutete Vila-Matas ein Lächeln an. Ich dachte an meine verstorbenen Eltern, deren Grab ich zu Allerheiligen stets voller Sorgfalt mit Blumen schmückte, wobei ich manchmal die Marmorplatte berührte, um sie ein wenig zu berühren, bestimmt wären sie stolz auf mich gewesen, da ich von fremden Leuten so sehr geliebt wurde, und das nur, weil ich Bücher geschrieben hatte und durch meinen Kummer so fröhlich beseelt sprach. Inès war hinreißend in ihrer Liebenswürdigkeit. Schriftsteller können liebenswürdig sein. Und so steigerte sich alles immer mehr, sorgte für Überraschung, Heiterkeit, Spannung und Zerstreuung. Ob sie wohl wissen, dachte ich, dass all dem mein Kummer zugrunde liegt? Der Kummer, aus dem wir nunmehr Kraft ziehen wollen? Der Kummer des Vaters, der auf Stimmen aus dem Untergrund horchte, des Vaters, der immer daneben antwortete, des Vaters, der seinen Sohn auf das Metrogleis schubste, einfach, um ihn zu töten? Der Vater, zu dem man dennoch wieder Verbindung aufnehmen möchte, den man so gern gerettet hätte, für den man so viele Bücher geschrieben hat. Und ich sah Vila-Matas eine Träne wegwischen.

Nachdem der Abend gelungen war, fiel alles von mir ab. Aber das war eben die Atempause nach so viel Anspannung. Danach geht man immer mit den Veranstaltern ins Restaurant, bestellt dies und das, trinkt zu viel und plaudert wie nach einem Theaterbesuch. Ich mag das immer sehr, auch wenn ich schnellstmöglich ins Hotel zurück möchte, um mich hinzulegen, alles von mir zu waschen und nach Hause zu fahren. Dass Vila-Matas um 23:45 Uhr an meine Tür klopfte, während ich mit großem Abstand zum Rauchmelder eine Zigarette rauchte und mir dabei eine Folge einer amerikanischen Serie ansah, war mir furchtbar peinlich. Wer ist da?, fragte ich. Vila-Matas, lautete die Antwort. Das hatte ich mir selbst eingebrockt. Ich hatte das Thema allzu sehr strapaziert. Es wäre unanständig gewesen, ihm nicht die Tür zu öffnen. Trotzdem tat ich genau das. Ich bin nicht da, rief ich. Ein paar Sekunden später hörte ich seine Schritte auf dem grauen Flurteppichboden leiser werden. Mein Roman ist fertig, sagte ich laut zu mir. Er ist doch fertig? Morgen kehre ich nach Paris zurück, in meine Wohnung, in mein Arbeitszimmer. Mich störte allerdings, dass dieser Roman wieder einmal so stark verdichtet ausfallen würde, denn ich neigte schon immer dazu, meine Romane stark zu verdichten. Wegen der Notlage, dachte ich und rief mir den Anfang des letzten Romans von Elido Ivanez in Erinnerung: »Du drückst die Dinge so gedrängt aus, dass du Miniaturen fertigst«, hatte er geschrieben. Dabei hätte ich mich lieber ganz und gar entfaltet, schon seit Langem, das sagte ich zu jedem und sagte es zu mir selbst, wenn ich mit einem Roman anfing, und gerade was diesen Punkt anbelangte, hatte Inès einen Gedanken geäußert, der mich während der vom »Grand Théâtre« organisierten Publikumsveranstaltung völlig verzauberte: Wenn ich mit einem Buch anfange, hatte sie dem Publikum erklärt, ist es so, als schleuderte ich einen Kieselstein in die Luft, der die Länge seiner Flugbahn selbst bestimmt. Fällt er weit weg von mir zu Boden, wird das Buch lang; fällt er in meiner Nähe herunter, wird das Buch kurz. Und da wurde mir bewusst, dass ich selbst nie an einen solchen Steinwurf gedacht hatte, dieses Bild gefiel mir sehr und erinnerte mich, während Inès ihr Konzept näher ausführte, an Barthes' Worte über den Moment, als Proust mit der *Recherche* anfing: 1) Er hatte beschlossen, ein neuartiges »Ich« zu verwenden; 2) er hatte für die Ausarbeitung unendlich viel Zeit eingeplant.

Das Unendliche, sagte ich mir, während ich hörte, wie Vila-Matas nebenan in seinem Zimmer auf und ab ging, ist nicht meine Stärke und ist es nie gewesen. Und zwar weil ich immer einen Notfall zu befürchten hatte, wobei ich dieses drängende Gefühl endlich abschütteln sollte, denn es gibt dafür keinen Anlass mehr. Ich muss nicht länger in Alarmbereitschaft bleiben, muss nicht jederzeit losfahren können, um meinen Vater oder meine Schwester zu retten, die plötzlich so tief in der Fiktion stecken, dass sie darin unterzugehen drohen. In diesem Moment hörte ich aus dem Nachbarzimmer Lärm, als hätte man gerade Stühle oder einen Tisch umgeworfen, und mein erster Gedanke war, dass womöglich auch Vila-Matas so tief in der Fiktion steckte, dass er darin unterzugehen drohte und ich in diesem Fall gar nicht anders konnte, als ihm zu Hilfe zu eilen. Ach was, sagte ich mir, er weiß ganz genau, wie er sich vor dem Untergang retten kann. Weil wir aber nun mal Gewohnheitstiere sind, spitzte ich die Ohren, während ich mit meinen Überlegungen zur Verdichtung oder Entfaltung eines Romans fortfuhr. Und war also aufs Neue hin und her gerissen: Einerseits spitzte ich die Ohren, drückte eines an die Wand wie das raffinierte Abhörgerät eines altgedienten Spions, um zu horchen, ob Vila-Matas nicht gerade in der Fiktion unterging, andererseits fuhr ich mit meinen Überlegungen fort, die im Allgemeinen, und zwar schon immer, allen scheinbaren Abschweifungen zum Trotz, vor allem auf den Entwurf von hieb- und stichfesten Strategien abzielten, um jeden beliebigen Menschen aus der Fiktion herauszuholen, in der er gerade unterzugehen drohte.

Weil nach dem Lärm in Vila-Matas' Zimmer seit einigen Minuten eine für mich beunruhigende Stille eingetreten war, beschloss ich, meine Überlegungen zur potenziellen Unendlichkeit eines künftigen Romans abzubrechen und leise bei ihm anzuklopfen, um sicherzugehen, dass er keine Hilfe brauchte. Ich wusste natürlich, dass ich ein wenig aus der Rolle fiel und mich vom Spiel entfernte, wenn ich es auf diese Weise betrieb, aber um nichts in der Welt hätte ich am nächsten Morgen erfahren wollen, dass Vila-Matas in der Fiktion untergegangen war. Das wäre wohl die traurigste Nachricht meines Lebens gewesen, eine Nachricht, die mich vollkommen hilflos gemacht und mir für alle Ewigkeit das Podest aus Hoffnung und FREUDE geraubt hätte, auf dem ich schon immer so bequem gesessen hatte. Ich verließ mein Zimmer und klopfte im Dunkeln an seine Tür, weil ich den Lichtschalter im Flur nicht hatte betätigen wollen. »Ich bin's«, sagte ich entschieden, noch ehe mein Klopfen beantwortet wurde. »Ich bin nicht da«, tönte es gleich zurück. Ich lächelte breit und kehrte in mein Zimmer zurück.

Und dann gab es ein Getöse vor dem Hotel und in der Lobby, wo unablässig die Türen knallten, während aus einem Gewirr von überwiegend weiblichen Stimmen laute Rufe drangen, ohne jede Rücksicht auf die mutmaßlich schlafenden Gäste. Ich schob den Vorhang beiseite: Mehrere Autos setzten Leute ab, die sich dann einfach auf dem Bürgersteig weiter unterhielten und sangen, während andere lachend ins Hotel hineingingen, vermutlich leicht angeheitert, dachte ich. Unter ihnen erkannte ich ein paar Schriftsteller, Musiker und Schauspieler, die am Festival teilnahmen, wie ich dem Programmheft entnommen hatte, und auch Clara, hellwach, höchst lebhaft, woraus ich schloss, dass sie bestimmt eine Nachteule war, wie das bei Musikern und Schauspielern oft der Fall ist. Sie war immer noch so schön, wirkte aber etwas müde, was sie fast menschlicher erscheinen ließ. Als ich das Fenster einen Spalt weit öffnete, hob sie den Blick, sah mich und wedelte mit der Hand. Wir stören Sie doch nicht zu sehr?, schrie sie. Und dann fiel ihr wohl wieder ein, dass sie das musikalische Intermezzo, das sie während meines Auftritts mit Inès hätte spielen sollen, vergessen oder sich dagegen entschieden hatte, da sie nicht gekommen war. Tut mir leid, sagte sie, ich bin in einer Probe hängengeblieben, ist alles gut gelaufen? Und ich erblickte hinter ihr eine hochberühmte Opernsängerin, die ihre Hand hielt. Macht nichts, antwortete ich oder, besser gesagt, ich bedaure das natürlich, aber dann eben ein anderes Mal, vielleicht anderswo. Und sie warf mir einen Luftkuss zu, was ich etwas kindisch fand, vielleicht auch etwas salopp, letzten Endes aber charmant.

Offenbar wollten sie alle unten in einer Lounge munter weiterfeiern, denn ich hörte sie immer noch aus vollem Hals lachen und reden, während der Lift, der die Etagen bediente, stillstand. Du bist wirklich eine trübe Tasse, sagte ich mir. Es ist doch erst ein Uhr morgens, diese Leute kommen alle zusammen, um zu lesen, miteinander zu diskutieren und zu musizieren, all das ähnelt oft dem Liebesspiel, es ist sehr fröhlich, du solltest dich vielleicht dazu gesellen, um deiner Abschottung ein Weilchen zu entkommen. Aber ich wollte ja auch weiter über meinen Roman nachdenken, über das Problem der Verdichtung oder Entfaltung meiner Romane, was mich an eine Übung erinnerte, die, wie ich gelernt hatte, die Jesuiten im 17. Jahrhundert ihren Schülern aufgaben und deren lateinischen Namen ich nun googelte. Außerdem spitzte ich, wenn auch weniger angestrengt als noch vor einer Stunde, weiterhin die Ohren in Richtung des Zimmers von Vila-Matas, damit mir nichts entging, falls sich dort zufällig ein Drama ereignete, das meinen – wenn auch wenig hilfreichen – Einsatz als Feuerwehrmann oder Rettungssanitäter erfordern würde.

Nie hatte ich jemanden zu retten vermocht. Um mich herum waren alle gestorben: meine Mutter, meine Schwester, mein Vater, infolge von Krankheit oder Verzweiflung, was aber sehr oft das Gleiche ist, und nie war es mir gelungen, im richtigen Moment einzuschreiten. Darum konnte ich seither Verzweiflung nicht ausstehen. Die Verzweiflung anderer Menschen schmetterte mich nieder, und ich hatte so gut wie beschlossen, mich nie wieder auf diese Düsternis einzulassen, mich ohne Umschweife davon abzuwenden, ihr zu entfliehen und sie, falls sie mir doch noch einmal begegnen sollte, meinen geballten Zorn spüren zu lassen. Was mir bei Schriftstellern so ausnehmend gut gefiel, war diese »diebische Freude«, wie Salvador Ruiz es in seiner Novelle *Die Flamme* ausgedrückt hatte, die, wie auf der hinteren Umschlagseite des dünnen Bändchens zu lesen stand, in 26 Sprachen übersetzt worden war, eine sicher auch kindliche Freude, die sie von einem Buch zum nächsten galoppieren ließ wie junge Pferde auf der Weide. Ich liebe die FREUDE, sagte ich zu Vila-Matas, dessen Ohr, wie ich wusste, an der Wand zwischen unseren Zimmern klebte, nicht weil er so neugierig gewesen wäre, ganz im Gegenteil, sondern weil er auf sämtliche Romane horchte, die gerade im Werden begriffen waren, und wenn zufällig einer im Zimmer nebenan entstand, hörte er ihn genauso ab wie alle anderen. Und da erzählte ich ihm eine recht intime Geschichte, was in einer solchen Situation nicht unbedingt meine Art ist, wobei ich so ein Gespräch mit jemandem, dessen Werk mich bezaubert, durch eine Zimmerwand in einem Hotel in Montauban hindurch, im Grunde noch nicht so wirklich erlebt hatte.

Alles begann wegen dieses herrlichen Tals, im Herzen des Herzens der Auvergne, im Herzen des Cantals, woher alle meine Vorfahren stammen, sagte ich zu ihm. Ein Tal wie aus einem Märchen, einer Postkarte, Walser wäre dort außer sich vor Freude gewesen, tatsächlich war ich sehr oft mit ihm dort wandern. Stell dir zuweilen nebelbemützte Gipfel wie den Fuji vor. Zu beiden Seiten eines trockenen Wegs, den die Sonne weiß erhellt und der sich unaufhörlich windet, sind grüne Wiesen zu sehen, satt und feucht, durch die ein Bach hindurchfließt. Zu hören sind nur das Wasser, der Wind, gelegentlich Vögel und manchmal ein Muhen. Und in dieser Naturwiege steht ein Bauernhaus, schlicht und quadratisch, aus dem meine Ururgroßeltern und nach ihnen meine Urgroßeltern stammen. Die Ersten kamen und gingen über diesen Weg, genau wie ich, nur dass sie zu ihrer Arbeit gingen – zur Feldarbeit –, aber auch zu ihren Festen, ihren Taufen, Beerdigungen, Hochzeiten und Totenwachen. Die Nächsten führten das fort, die dritte Generation verbürgerlichte leicht, so wurde man etwa Ingenieur, aber immer in diesem Tal. Ich kann dir gar nicht sagen, was alles bei mir aufkommt, wenn ich dort unterwegs bin, sagte ich zu Vila-Matas. Das alte Haus wird noch von einer greisen Cousine bewohnt, die ich kaum kenne, und ich hätte Angst, sie zu stören, wenn ich an die Tür klopfte. Aber wenn ich mit einem Stock diesen Weg entlanggehe, im Winter, Sommer, Frühling, ist der Eindruck, in die Fußstapfen meiner Vorfahren zu treten, so stark, dass ich ihm wahrscheinlich dieses Gefühl einer aufkommenden Kraft verdanke, so intensiv, dass ich nach diesen drei oder vier magischen Kilometern, wo sie in ihrer Kleidung von damals, mit ihren Gedanken und Empfindungen von damals gelebt hatten, eine ungeheure Energie verspüre, mit der ich mühelos den Fuji erklimmen, auf der anderen Seite wieder hinuntersteigen und immer weitergehen könnte, ohne jemals innezuhalten. Und als dann, sagte ich zu Vila-Matas und spürte dabei geradezu die Wärme seines an die vermutlich recht dünne Wand gepressten Ohrs, auf all diese starken, würdevollen Menschen – so habe ich sie mir jedenfalls immer vorgestellt und so wurde mir von ihnen erzählt – die Generation meiner Eltern folgte, die an Schulen und Universitäten lehrte, war es so, als wäre ein Balken entzweigebrochen und hätte das Haus zertrümmert. Es trat etwas von jenem Wahnsinn zutage, der sich zuvor niemals in dieses Tal verirrt hatte, und wenn ich von Wahnsinn rede, meine ich kein Schlottern, keine verschreckenden Worte oder Taten, nein, sagte ich zu Vila-Matas, ich meine diese Verschmelzung, die alles in Fiktion verwandelt hat.

Als er das hörte, hüstelte Vila-Matas. Mit diesem Stock, den ich auch als Sichel nutze, sagte ich zu ihm, wenn ich zwei-, dreimal im Jahr diesen Weg gehe, bereite ich meine Bücher vor. Dort, sagte ich zu ihm, fertige ich meine Bücher, besser als in diesem Hotel in Montauban oder unserem TGV-Wagen, wo ich nur das wiederaufnehme und ausarbeite, was dort entstanden ist. Da hörte ich hinter der Wand eine Bewegung, Vila-Matas' Zimmertür ging auf, danach glitt etwas unter meiner Zimmertür hindurch. Ich wandte mich um: Auf dem flaschengrünen Teppichboden lag ein Zettelchen. Ich verließ meinen Wandposten, hob das Zettelchen auf und faltete es auseinander: »Mein größtes Abenteuer erfordert als Schauplatz höchstens eine Wiese«, hatte er geschrieben, aber ohne Anführungszeichen, und die Unterschrift lautete Alfonso Jimenez, der, soweit ich mich erinnerte, seine Geburtsstadt Madrid allerdings nie verlassen hatte, denn das Reisen deprimierte ihn zutiefst, genau wie alles Ländliche.

Ich überlegte kurz, ob ich ins Bett gehen oder zu den anderen unten in der Lounge dazustoßen sollte, um mit ihnen ein Gläschen zu trinken. Es ist kurz vor zwei, ich muss früh aufstehen, um den Zug nach Paris zu bekommen, die anderen aber sicher auch, sagte ich mir. Also ging ich hinunter, denn schließlich war diese Nacht in Montauban unweit der Pyrenäen, unweit meiner in den Bergen laufenden Jugend eine besondere Nacht, zumal Vila-Matas sich im Zimmer nebenan befand. In der Lounge herrschte überschäumende Fröhlichkeit, alle musizierten, tranken, plauderten angeregt, während der arme Nachtportier sich vergeblich bemühte, sie ein wenig in Zaum zu halten. Aber es wurde doch das ganze Hotel für die Festivalgäste reserviert, sagte eine Frau zu ihm, wir sitzen doch alle im selben Boot, kommen Sie, trinken und singen Sie mit uns, was der Nachtportier umgehend tat. Ich freute mich sehr, als ich Brigitta entdeckte, sie trug nach wie vor die grüne Jacke, in der sie zur Veranstaltung des »Grand Théâtre« erschienen war und die mich sogleich an Mario Soldatis Roman *Die grüne Jacke* erinnerte, in dem ich mich wiedererkannt hatte wie in der spiegelnden Oberfläche eines Sees. Er handelt von einem Mann, sagte ich zu Brigitta, die Soldati noch nicht gelesen hatte, der sich in Gegenwart eines törichten Angebers gern als mittelmäßig ausgibt. »Es ging immer wieder um dasselbe Vergnügen. Das Vergnügen, nicht mehr ich selbst zu sein, vor allem, was meinen Verstand und meine Vorlieben betraf«, hat Soldati geschrieben, sagte ich. Dieser Satz gefiel Brigitta, sie holte ein Notizbüchlein hervor, um ihn niederzuschreiben, als sie aber einen entsprechenden anderen Satz von einem anderen Schriftsteller für mich zitieren wollte, fing die berühmte Opernsängerin, die auf der Bühne immer eine enorme Ausstrahlung hatte und sonst ganz schlicht und unscheinbar wirkte, zu singen an, von Clara am Cello begleitet. In dieser Lounge war ich sehr glücklich. Ich hatte das Gefühl, unter meinesgleichen zu sein, im Familienkreis, in einer Art Paradies, und ich dachte an all die Romane, die gerade gefertigt wurden, hier, mitten in der Nacht, in dieser Hotellounge in Montauban, während ein jeder seine Angst über Bord warf, die Angst, es nicht zu schaffen, es nicht mehr zu schaffen und ans Ufer gespült zu werden, wo man so tun müsste, als wäre man wie alle anderen, bevor man wieder in die Illusion eingehen durfte.

Hinten in der Lounge hielt sich eine Frau etwas abseits, sie wirkte streng und ehrfurchtgebietend. Wer ist das?, flüsterte ich Brigitta zu, eigentlich müsste ich sie kennen, sie sieht aus wie eine Parze. Ich glaube, hauchte Brigitta, während die Opernsängerin sang und Clara beim Cellospiel mit dem ganzen Körper mitging, das ist die Redakteurin der Literaturbeilage der Zeitung *Demain*, sie hat heute Morgen eine Veranstaltung moderiert, du kennst sie bestimmt. Nein, sagte ich, aus vollkommen unerklärlichen Gründen, auch wenn es sicherlich kein Versehen war, gab es in den zwanzig Jahren, in denen ich schon Bücher veröffentliche, in dieser Zeitung keine einzige Besprechung, nicht einmal eine halbe Zeile, mit einer Ausnahme, die ich im Kalender rot angestrichen habe. Eine halbe Zeile wäre mir nicht üppig erschienen, aber ich hätte wenigstens das Gefühl gehabt, dass man mich wahrnimmt, sagte ich zu Brigitta. Hast du sie irgendwie gekränkt?, hauchte sie. Ach was, sagte ich, ich bin weder ihr noch sonst einem Mitarbeiter dieser Zeitung jemals begegnet. Bei jedem Buch denke ich: Jetzt wird ihnen auffallen, dass es mich gibt, denn natürlich ist mir klar, dass sie ständig Hunderte Bücher zu lesen haben, in dieser Flut kann man leicht übersehen werden, nach zwanzig Jahren wundere ich mich hin und wieder aber schon. Brigitta neigte sich meinem Ohr zu. Du bist halt zu glücklich, sagte sie, da drückt der Schuh. Ich vergötterte Brigitta. Manchmal hätte ich Lust gehabt, ihre Bücher zu schreiben.

Die Opernsängerin hatte ihr kleines Konzert beendet, und nun fingen alle an zu tanzen, denn ein Mann, den ich als den Kinderbuchautor Yann Parr wiedererkannte, hatte sich ans Klavier gesetzt. Er hatte nicht nur ein Händchen für Kinderliteratur, iPads und Botanik, er war auch ein ausgezeichneter Pianist. Brigitta rockte mit Clara los; ich wartete auf einen Slowfox. Ich sagte mir, wenn schon gefeiert wird, dann fordere ich die geheimnisvolle Redakteurin der Literaturbeilage, die mich, selbstredend unwissentlich, bei jeder meiner Neuerscheinungen zutiefst enttäuscht hat, zum Tanzen auf, sobald eine Melodie erklingt, die weich und sentimental stimmt. Ich wollte schon immer mit einer Unbekannten Slowfox tanzen, nur hatte ich mich bisher nie getraut. Meinen Namen würde ich nicht nennen, so wie Ritter Gawain seinen Namen bewusst niemals ungefragt preisgegeben hatte, aber ich würde so wunderbar, so berückend tanzen, dass die Redakteurin danach in einer dunklen Nische, von der aus sie diesen Schriftstellerreigen beobachtete, vermutlich mit der Absicht, darüber einen Artikel zu verfassen, dass sie also jemanden fragen würde: Wer ist das? Und dann würde sie sich eventuell an meine Bücher erinnern, oder zumindest an die Titel, wenigstens ein paar Titel.

Leider konnte ich mein Vorhaben nicht in die Tat umsetzen, weil in diesem Moment Nachbarn des Hotels die Lobby stürmten und sich über den Lärm empörten. Es sei drei Uhr morgens, Festival, schön und gut, aber die Einwohner von Montauban, erklärten sie mit Nachdruck, bräuchten nun mal ihren Schlaf, denn sie müssten morgens zur Arbeit. Als ich mich gerade wie alle anderen zurückziehen und bei den Einwohnern von Montauban entschuldigen wollte, schlug mich eines der schönsten Schauspiele, denen ich jemals beiwohnen durfte, in den Bann: Im Türrahmen am Eingang zur Hotellobby stand Anna Magnani. Alle Welt verstummte. Alle Welt hatte sie selbstverständlich erkannt. Die Redakteurin der Literaturbeilage ging einfach hin und gab ihr die

Hand, lud sie ein, sich zu uns zu gesellen. In ihrem schwarzen Kostüm *alla romana*, mit ihrem breiten, leicht raubtierhaften Lächeln und ihren funkelnden, dunkel verschatteten Augen kam Anna umwerfend anmutig auf uns zu. Sie sagte etwas auf Italienisch, und selbst die Einwohner von Montauban, die den berechtigten Wunsch gehegt hatten zu schlafen, wollten nun überhaupt nicht mehr schlafen: Sie wollten in den Roman eingehen. Ja, das wollen sie, sagte mir Vila-Matas, der auf der ersten Treppenstufe stand, eine stattliche Erscheinung, einem Gespenst gleich, einem Menschen gleich, der zum Heiligen geworden war, weil er die Literatur so sehr liebte, nur sie liebte, immer und immerfort.

Vila-Matas leitet Ermittlungen ein

Am Morgen des 7. April 2015 saß ich in meiner Wohnung in Barcelona am Computer, als eine seltsame Mail mich erreichte. Ich war schon seit Jahren skurrile Nachrichten von Leuten gewohnt, die sich spaßeshalber für jemand anderen ausgaben und aus irgendwelchen Gründen glaubten, dass ich daran ebenso viel Spaß hätte. Von Ausnahmefällen abgesehen, stopfte ich sie umgehend in den digitalen Papierkorb, der sie mit einem trockenen Rascheln vernichtete, und fluchte kurz, bevor ich mich an die Arbeit machte. Doch in dieser sehr langen Mail vom 7. April 2015, die ich beinahe ungelesen gelöscht hätte – was mich davon abhielt, war das Wort »Kind« in der Betreffzeile –, teilte mir eine Unbekannte namens Rosanna Carriera im Wesentlichen mit, ich sei der Vater ihrer Tochter, die bald zwanzig werde und mich unbedingt kennenlernen wolle. Ich weiß einigermaßen, mit wem ich im Lauf meines Lebens zu tun hatte, erst recht vor zwanzig Jahren, was gar nicht so lange her ist, und so wusste ich ganz genau, dass mir nie eine Rosanna Carriera begegnet war, nicht einmal flüchtig, streng genommen auch sonst keine Frau außer meiner eigenen, und die hieß nicht Rosanna Carriera. Selbst wenn sie diesen Namen erfunden hätte, um mir einen Streich zu spielen, hätte ich schon längst, genauer gesagt seit zwanzig Jahren, von ihrer Schwangerschaft und Niederkunft gewusst, da wir seit dreißig Jahren zusammenlebten und in diesen dreißig Jahren nie länger als einen Monat getrennt waren. Darum verwarf ich auf Anhieb den Gedanken, es könne sich um einen Scherz meiner Frau handeln, die ohnehin nicht zu Scherzen neigte, vor allem nicht bei solchen Themen, und weil ich nun mal keine anderen Frauen gekannt hatte, seit sie und ich zusammenlebten, fragte ich mich, wer diese Rosanna Carriera sein mochte, die zwar wortreich, aber durchaus gut schrieb.

Ich dachte zunächst an meine Freundin Claudia Angeli, eine leicht exaltierte italienische Romanautorin, mit der ich vor rund zehn Jahren einen regen Austausch per Mail pflegte; dieser Beziehung hatte ich ein wohl etwas zu abruptes Ende gesetzt (ich hörte aus heiterem Himmel auf zu antworten und ihre Nachrichten zu lesen, die ich wegklickte, sobald sie eingingen), weil sie auf eine Weise an mir einen Narren zu fressen schien, dass es mich in Verlegenheit brachte. Allerdings hielt ich einen solchen Roman aus Claudias Feder für höchst unwahrscheinlich, es sei denn, sie hätte den Verstand verloren, zumal unser gemeinsamer Freund Mario Torci, ein Romancier, dem ich kürzlich beim Festival von Locarno wiederbegegnet war, mir erzählt hatte, es gehe ihr prächtig, seit ihre beiden letzten Bücher verfilmt worden waren und einer der Filme einen Oscar erhalten hatte, was internationales Interesse an ihren Büchern weckte. Es konnte aber auch sein, dass dieser Welterfolg Claudia jäh verstört hatte, denn bei allem Talent war sie recht verletzlich, »ich bin nicht gern auf dem Präsentierteller«, hatte sie mir geschrieben, als ich ihre Mails noch las, und ich hatte ihr geraten, eine Zeitlang, so ein, zwei Jahre, von der Bildfläche zu verschwinden, wenn der Erfolg sie allzu sehr belastete.

Außerdem erkannte ich Claudias Schreibweise in Rosannas Zeilen nicht wieder. In ihren Mails verwendete Claudia kurze, nüchterne Sätze, die übrigens nichts mit der Sprache ihrer weitschweifigen und verschlungenen Romane zu tun hatten, während die Mail vom 7. April 2015 aus detailverliebten Sätzen voller Einschübe bestand. Ich hatte jedoch mal einen Romanautor erlebt, der seine Schreibweise ähnlich stark geändert hatte. Alle Welt wusste noch, wie Felipe Ugaray bis zu seinem vierzigsten Lebensjahr in etwas schwerfälliger Sprache einen sehr üppigen und schillernden Stoff verarbeitete und wie diese Sprache nach dem Tod seiner Frau dermaßen klar und schlicht geworden war, dass die Kritiker meinten, er habe sich von einem reißenden Strom in ein plätscherndes Bächlein verwandelt, was Felipe tatsächlich verunsicherte. »Das bedeutet doch ein Versiegen, oder?«, fragte er sämtliche Freunde. Manche Freunde stimmten dem zu, ohne es ihm zu sagen. Ich hingegen hatte ihm gesagt, ich dächte eher an eine Episode, auf die Bächlein-Phase werde bestimmt wieder eine Strom-Phase folgen.

Wenn nicht Claudia diese absurde Mail geschrieben hatte, die mir eine überaus unwahrscheinliche Vaterschaft zuwies, dachte ich, konnte es jeder beliebige Romanautor aus meinem Freundeskreis sein, der gerade Däumchen drehte und ein bisschen Spaß haben wollte. Ich fand jedoch, dass dieser Scherz einen Hauch von Bosheit enthielt, dass er einem allzu nahe trat, um von einem Freund zu stammen, selbst wenn dieser sich langweilte und ihm nichts

Besseres einfiel als dumme Streiche. Ich konnte mir weder Ignacio noch Esteban oder Umberto und noch weniger Teresa oder Domenico vorstellen, wie sie mich wegen einer bedrückenden »Schreibblockade« oder dem Misserfolg eines gerade erschienenen Romans auf diese Weise veralberten, um selbst wieder Mut zu schöpfen, um im wahren Leben einen Roman keimen zu lassen, wenn es auf dem Papier nicht gelang. Als meine Frau Adriana gegen 13 Uhr nach Hause kam, um mit mir zu Mittag zu essen, fragte ich sie: Weißt du vielleicht noch, ob wir vor zwanzig Jahren ein Kind bekommen haben?, während ich die Teller aus dem Küchenschrank holte. Na klar, antwortete Adriana mit ihrem Mona-Lisa-Lächeln, es war sehr groß und hatte eine Menge Haare, hast du das etwa vergessen? Ich erzählte ihr von dieser absurden Mail, die ich am Morgen erhalten hatte. Mach doch einen Roman daraus, Enrique, sagte sie. Ich wüsste nicht, was du sonst damit anstellen solltest.

Meistens verdankte ich Adriana den Anstoß zu einem Roman. Mal quälte mich eine Frage, die ich pausenlos hin und her wälzte wie ein Fass im hintersten Kellerwinkel, oder mir war etwas Lustiges aufgefallen, von dem ich ihr beim Mittagessen erzählte, und Adriana erlöste mich von meiner Besessenheit oder verwandelte meine beiläufige Bemerkung in eine Art Antrieb, wenn sie sagte: Schreib es auf, Enrique. Manchmal hegte ich den Verdacht, dass sie mich damit auch ein wenig loswerden wollte, denn »deine Innenwelt wird sich noch in der ganzen Wohnung ausbreiten«, meinte Adriana, »dabei brauche ich doch auch ein bisschen Platz für mich, lass dir etwas einfallen«, und die einzige Lösung bestand darin, einen Roman zu schreiben, es gab keine andere.

»Dein Mailpartner beziehungsweise deine Mailpartnerin spielt auf den Namen dieser Malerin aus dem 18. Jahrhundert an, Rosalba Carriera, nimm das als Anhaltspunkt, wenn du ihn oder sie wirklich identifizieren möchtest«, ergänzte Adriana, die mich hin und wieder wie ein Kind behandelt, wenn sie mir helfen will, denn natürlich hatte ich auf Anhieb an Rosalba Carriera gedacht und den Namen Rosanna sogar daraufhin abgeklopft, ob diese Person, die mich mit ihrer Nachricht zum Narren halten wollte, sich in ihrem Eifer nicht eventuell vertippt hatte.

Als Adriana in ihre Galerie zurückgekehrt war und ich mich wieder an den Computer setzte, wollte ich diese morgendliche Nachricht vergessen, um mich anderen zu widmen, die eine raschere Antwort verdienten, wie die Mail von Alvaro Santos, der mich zum dritten Mal einlud, an einer Jagd in Irland teilzunehmen, sich also nicht durch meine früheren Absagen entmutigen ließ. Lieber Alvaro, schrieb ich, du weißt doch, dass ich damit nichts anfangen und nicht einmal ein Gewehr halten kann, wie ich dir bereits gesagt habe. Offenbar saß Alvaro just in diesem Moment an seinem Computer, denn kaum hatte ich meine Mail abgeschickt, hörte ich das kurze Zischen einer Nachricht, die durch unendliche Weiten sauste, um in meinem digitalen Postkorb zu landen: Eben, schrieb Alvaro, daraus wird ein großartiger Roman! Manchmal ärgerte ich mich ein wenig über diese Freunde, die glaubten, alles, egal was, würde mich zu einem »großartigen Roman« inspirieren, selbst wenn das Attribut »großartig« von Vertrauen und Zuneigung zeugte. Nicht alles wird zum Roman, Alvaro, schrieb ich, und dann war es mir peinlich, gleich auf »Senden« geklickt zu haben, weil diese Mail arrogant wirken könnte, und so fügte ich in einer weiteren Mail hinzu: Auch wenn eine Jagd selbstverständlich eine hochliterarische Angelegenheit ist, die uns umgehend in die Ritterzeit versetzt. Und dann fiel mir ein, dass der äußerst gesellige Alvaro Gott und die Welt kannte und immer Informationen aus erster Hand über das Leben und Tun aller erdenklichen Personen besaß. Kennst du zufällig eine gewisse Rosanna Carriera?, schrieb ich. Nein, lautete seine lakonische Antwort, dann, genau zwei Minuten später: Ist das nicht die Lebensgefährtin von Miguel Serra?

Dieser Name löste bei mir sofort leises Unbehagen aus, und ich nahm es Alvaro übel, dass er möglicherweise eine kleine Gemeinheit beging, als er ihn mir gegenüber fallen ließ, denn Alvaro wusste wie immer bestens Bescheid über den schwelenden Konflikt zwischen Miguel und mir, damals bei der literarischen Begegnung in Venedig, wo ich ihn nach Einnahme einer vielleicht allzu wirksamen Aufputschpille plötzlich und zu meiner eigenen Verblüffung sehr heftig anging, als wir auf einem Podium ein theoretisches Problem erörterten, das im Grunde recht belanglos war. Zu allem Überfluss hatte Miguel höchstpersönlich dafür gesorgt, dass man mich zu dieser Tagung einlud. Am nächsten Tag hatte ich mich entschuldigt, hatte ihm sogar gestanden, dass ich von einem Medikament beeinträchtigt gewesen sei, das ich künftig nicht mehr vor öffentlichen Auftritten einnehmen werde, aber Miguel hatte mich angesehen wie einen Verräter, jenen Verräter, den er tatsächlich immer in mir vermutet habe, wie er mir sagte, und mich danach eiskalt für den Rest unseres Aufenthalts keines Wortes mehr gewürdigt. Vergiss es einfach, hatte Adriana nach meiner Rückkehr beim Mittagessen gesagt, oder schreib ihm ein paar herzliche Zeilen (Adriana war immer noch von der Kraft wahrer Zuneigung überzeugt), aber ich hatte begriffen, dass Miguel mir das noch lange nachtragen würde, vielleicht bis zu einer anderen Veranstaltung, wo er glänzen und ich matt oder erledigt wirken würde.

Als ich Alvaros Mail noch einmal las, während die Aprilsonne durch das Fenster meines Arbeitszimmers zu dringen versuchte, fiel mir plötzlich Sofia Hernandez wieder ein, Miguels Cousine, die Adriana und ich seit mindestens zwei oder drei Jahren nicht mehr gesehen hatten, wobei Adriana bestimmt noch ihre Kontaktdaten hatte, denn sie bewahrte alles auf, im Gegensatz zu mir, ich hatte immer das Gefühl, zu viel Ballast mitzuführen, und machte allzu häufig Gebrauch von der Taste »löschen« oder »entfernen«, sodass ich jedes Mal, wenn ich eine plötzlich enorm dringend und wichtig gewordene Information suchte, die ich mir ganz sicher notiert hatte, feststellte, sie war längst entsorgt, weil sie mir wie Ballast vorgekommen war. Ich rief Adriana an, erreichte aber nur die Mailbox. Ruf mich zurück, sagte ich, wohl wissend, dass sie es meistens nicht tat, da eine ihrer Theorien besagte, dass ich just in diesen Momenten, in denen ich nicht an die enorm wichtige Information gelangen konnte, die ich dringend brauchte, in der Lage sei, mit einem neuen Roman anzufangen.

Mir fiel auch wieder ein, dass Sofia Hernandez sehr schön war, sehr attraktiv, und dass Adriana damals, als wir sie noch ziemlich regelmäßig sahen, bei ihrem Erscheinen oder nach einem unserer Treffen oft etwas kühl und übellaunig wurde. Tatsächlich hatten wir uns einmal gestritten, als wir nach einem Abendessen mit Sofia und Miguel nach Hause kamen, natürlich unter einem belanglosen Pseudovorwand, und dann hatte Adriana im Hotel übernachtet, weil sie es satthabe, einen derart raumgreifenden Typen wie mich zu ertragen, wie sie mir erklärte. Ich machte mir keine allzu großen Sorgen, denn ich steckte gerade mitten in der Arbeit an einem Roman und wollte einfach nur an meinen Schreibtisch, wollte weitermachen und wollte, dass sie sich beruhigte. Um zwei Uhr morgens bin ich dann doch zu ihr hin, weil dieser Vorfall schließlich im Roman eingegangen war und ich im Roman schrieb, dass ich zu ihr wollte.

Nach meinem Austausch mit Alvaro nahm ich mir die lange Mail der angeblichen Rosanna Carriera noch einmal vor. Es ging mir darum, sie zu entschlüsseln, denn bestimmt enthielt sie Hinweise, die dem Verfasser entgangen waren, auch wenn er oder sie das erzählerische Handwerk offenbar sehr gut beherrschte. »Es tut mir leid, dich mit einer solchen Neuigkeit heimzusuchen«, schrieb die angebliche Rosanna, »ich weiß, dass du vieles andere zu tun hast, unter anderem schreiben, was sicher deine ganze Zeit in Anspruch nimmt, aber ich darf dir doch nicht verschweigen, dass ...« etc. Für eine solche Neuigkeit sind Ton und Stil fast zu gewählt, dachte ich. Eine Frau würde wohl kaum den Ton gepflegter Unterhaltung anschlagen, um einem Mann endlich mitzuteilen, er sei der Vater ihres Kindes. Ich war etwas beunruhigt, weil ich bei Lektüre dieser absurden Nachricht, in der unsere angebliche Begegnung weder eingehend geschildert noch verortet, sondern lediglich als »rauschhafte Sommernacht« bezeichnet wurde, unwillkürlich den halbherzigen Versuch unternahm, in meiner Erinnerung zu kramen – hatte ich vor zwanzig Jahren vielleicht doch irgendwann eine Art Krise oder Verirrung durchgemacht? Schuldzuweisungen haben oft diesen Effekt, dachte ich und überlegte, ob das mit unserer Verinnerlichung der Erbsünde zusammenhing: Sie bringt eine Art grundloses Schuldgefühl hervor, das uns empfänglich macht für die Botschaft, wir hätten einst ein Verbrechen begangen.

Ich beschloss, meine Notizbücher von damals zu sichten, und verfluchte mich gleichzeitig dafür, dass ich derart auf das Spiel einging, das mein Mailpartner beziehungsweise meine Mailpartnerin unbedingt mit mir spielen wollte. Da Rosanna den Sommer und eine zwanzigjährige Tochter erwähnte, musste es sich meinen Berechnungen nach um den Sommer 1994 handeln, demnach wäre das Kind im April 1995 geboren, nun musste ich herausfinden, was ich in diesem Sommer 1994 getan und wo ich mich befunden hatte. Doch leider waren meine Notizbücher keine Tagebücher, nie hatte ich darin meine Reisen festgehalten, neue Bekanntschaften oder Begebenheiten aus meinem Alltag. Stattdessen notierte ich eher Gedanken, Anmerkungen zu Büchern, die ich gelesen, zu Thesen, die ich vernommen, und zu Filmen, die ich gesehen hatte, aber manchmal kann ich diese Anmerkungen durchaus kontextualisieren, sagte ich mir, kann mich an die Situation erinnern, in der ich dieses gedacht oder jenes gelesen habe. Aus einer Ecke des Bücherregals in meinem Arbeitszimmer holte ich die rund dreißig Spiralhefte hervor, in die ich nur noch sehr selten einen Blick warf, da ich meine Notizen seit nunmehr fünfzehn Jahren mit dem Computer festhielt, und zog die Hefte von 1994 heraus. Doch wie in einem Kriminalfilm – als würde man mich observieren, dachte ich und warf einen ängstlichen Blick aus dem Fenster auf die Fenster von gegenüber, auf das Hotel, in das Adriana geflüchtet war, als wir uns wegen Sofia Hernandez gestritten hatten – ertönte gerade, als ich das Heft März–September 1994 aufschlug, dieses kleine Zischen, das den Eingang einer Mail anzeigte, und so stürzte ich, von einer Vorahnung beschlichen, zu meinem Computer. Und es war in der Tat eine neue Nachricht der geheimnisvollen Rosanna Carriera, noch absonderlicher als die erste, denn darin stand: Ignoriere meine vorherige Mail, Enrique, ich hätte dich nicht behelligen sollen, außerdem besteht Francesca (so erfuhr ich den Vornamen meiner vermeintlichen Tochter) nicht mehr auf ein Treffen mit dir.

Ich ließ meine Hefte achtlos im Regal liegen und sank auf den Stuhl vor meinem Schreibtisch. Meine Reaktion verblüffte mich: Ich war gekränkt. Morgens um zehn erfuhr ich von der Existenz einer Tochter, die mich treffen wollte, und nachmittags um drei wollte sie es plötzlich nicht mehr. Was war denn passiert? Ich stellte mir einen Streit zwischen beiden Frauen vor, wie Rosanna beim Mittagessen, gerade, als ich mit Adriana zu Mittag aß, Francesca gestand, dass sie mir geschrieben und mich über die Vaterschaft aufgeklärt hatte, und Francesca so aufbrausend reagierte, wie es sich mit zwanzig gehört, weil ihre Mutter diese Initiative ergriffen hatte, ohne sich mit ihr abzusprechen. Ich versuchte, mir die Wohnung der Carrieras auszumalen, die ich mir überhaupt nicht ausmalen konnte, oder höchstens als so ähnlich wie meine, und sah die beiden in einer Küche zanken, die der unsrigen ähnelte. Irgendwann stand Francesca auf und verließ türenknallend die Wohnung, um ihre Freunde zu treffen, während eine zutiefst beschämte Rosanna unter dem Eindruck, einen furchtbaren Schnitzer begangen zu haben, das Mittagessen abräumte und überlegte, ob sie mich nun auf den neuesten Stand bringen sollte oder nicht.

Eine Irre, dachte ich. Erst denkt sie sich eine Vaterschaft aus, dann teilt sie diese einem wildfremden Mann mit, danach versetzt sie ihre Tochter in Wallung, als sie ihr davon erzählt, und schließlich verstört sie diesen armen Fremden erneut. Ich brachte den Nachmittag damit zu, die digitalen Telefonverzeichnisse von Spanien, Italien und Frankreich zu durchforsten. Dort fand ich rund hundert Carrieras, aber keine Rosanna Carriera, und angesichts dieser Menge gab ich mein Vorhaben auf, sämtliche vorhandenen Carrieras abzutelefonieren. Vielleicht sollte ich einen Detektiv beauftragen, dachte ich. Ruben Desdimenez hatte das getan, als er nach Erscheinen seines Romans *Geheim*, eines so trickreichen Romans, dass die Hälfte aller Literaten und Künstler Barcelonas sich darin wiederzuerkennen glaubte, während die andere Hälfte bezichtigt wurde, als »Anschwärzer« gedient zu haben, mit anonymen Briefen überschüttet wurde. Und dank dieses Madrider Detektivs, der übrigens auch Romancier war, kam schließlich ans Licht, dass die bis über beide Ohren in Ruben verliebte und von ihm, der überdies schwul war, nie wahrgenommene Nachbarin jene bedrohlichen anonymen Briefe verfasst hatte.

Ich hätte Adriana gern nach ihrer Meinung gefragt, aber ich wusste ja, dass sie meinen Anruf nicht entgegennehmen würde, denn das war ihre Methode, mich zum Schreiben zu bringen, zugegebenermaßen eine ziemlich gute. In meinem digitalen Adressbuch fand ich Rubens Mail-Adresse und schrieb ihm umgehend: Ich bekomme lästige anonyme Nachrichten, könntest du mir die Adresse dieses Madrider Detektivs geben, den du damals beauftragt hattest? Ruben saß wohl nicht am Bildschirm, denn er antwortete nicht gleich. Ich blätterte lange in meinen Heften von 1994, in denen ich allerlei interessante Anmerkungen zu Büchern entdeckte, deren Lektüre mir vollkommen entfallen war, zu Filmen, von denen ich nicht mehr wusste, dass ich sie gesehen hatte, ich reimte mir zusammen, dass ich in Sizilien gewesen war, aber da erinnerte ich mich ganz genau, dass Adriana mich begleitet hatte, ich erfuhr, dass der Tod eines Onkels mir damals sehr zu schaffen machte. Ich fand einen sicherlich vertrauten Enrique wieder, aber er erschien mir so weit weg, so zuversichtlich und offen gesagt so verrückt, wie geistig abgeschottet, dass es mir unangenehm war. Jedenfalls wies nichts auf eine besondere Begegnung hin, erst recht nicht auf eine rauschhafte Sommernacht, die Monate Juli und August waren eher unergiebig, ich hatte viel D. H. Lawrence und Strindberg gelesen beziehungsweise wiedergelesen, und es gab nur Einträge über die Sichtweise dieser Autoren, die ich hinterfragte, es war, als hätte ich kein anderes Leben als das Lesen und Schreiben, dachte ich.

Natürlich konnte ich die reale Rosanna Carriera oder zumindest die realen Mails einer angeblichen Rosanna Carriera ignorieren und mit einem Roman anfangen, in dem ich diesen Namen, der mir keineswegs missfiel, verwenden würde, oder ihn gleich in meinem derzeit entstehenden Roman verwenden, wo sich leicht ein Platz für ihn fände, da in meinen derzeit entstehenden Romanen immer sämtliche Türen offenstehen, sodass ich ständig die Möglichkeit habe, eine Menge Leute rein- und rauszulassen. Ich habe etwas Fellineskes an mir, dachte ich, denn ich hatte gerade ein Interview mit Fellini aus dem Jahr 1972 wiedergelesen, in dem er sagte, nichts lasse ihn schöpferischer werden als Trubel, wenn er mittendrin sitze und in aller Ruhe nachdenke, während um ihn herum ein ständiges Kommen und Gehen, Gerede und Geschrei herrsche. Ich hingegen brauche meinen dicken flaschengrünen lärmdämpfenden Teppichboden, dachte ich, und dieses allseits Offene, Durchlässige ist mir in meinen Büchern lieber als in meinem Leben. Und ich fand, dass dieser Satz, den ich gerade ersonnen hatte, ein komischer Satz war. Würde ich Rosanna Carriera in einen Roman hereinlassen, dachte ich, wäre das außerdem eine bequeme Lösung, so könnte ich wieder einmal untätig bleiben, was Adriana mir noch nie zum Vorwurf gemacht hatte, im Gegensatz zu einigen Freunden, darunter die Literaturkritikerin Eva Soares, die jedes Mal, wenn wir zusammen einen Kaffee tranken, und manchmal sogar, wenn auch weniger explizit, zwischen den Zeilen ihrer Rezensionen, mein fehlendes politisches und soziales Engagement anprangerte, meine »Hasenherzigkeit«, hatte sie eines Tages mit einem Lächeln zu mir gesagt, sobald ich außerhalb eines Romans handeln musste.

Natürlich hatte ich Eva zu erklären versucht, dass ich mich als Schriftsteller, der über keine anderen Eisen im Feuer verfügte, nur innerhalb eines Romans einigermaßen handlungsfähig fühlte, wobei ich zu bedenken gab, dass ich es immerhin geschafft hatte, zu heiraten und eine Wohnung zu kaufen, außerdem konnte ich ein Auto steuern, am liebsten auf wenig befahrenen Landstraßen, hatte ich hinzugefügt, um ehrlich zu sein, weniger Eva als mir selbst gegenüber. Just als ich mich fragte, ob Eva, die ebenfalls sehr gesellig war, möglicherweise eine gewisse Rosanna Carriera kannte oder jemanden, der sich spaßeshalber als Rosanna Carriera ausgeben könnte, um Schriftstellern einen Streich zu spielen, erhielt ich von Ruben eine Antwort, die mich in meinem Gefühl bestärkte, dass ich zum ersten Mal in meinem Leben in einen Krimi einging: »Weißt du denn nicht, dass Baxter tot ist?«, schrieb er mir. »Und zwar ermordet?« »Ermordet« hatte er in Großbuchstaben getippt. »Die Zeitungen haben letztes Jahr doch ständig darüber berichtet. Das war im April 2014. Lies das mal im Internet nach«, empfahl er mir. Dann traf eine zweite Mail von Ruben ein, der inzwischen offenbar seine Ablage durchkämmt hatte: »Er hieß Emil Baxter, wie er mir schrieb. Und mit so einem Namen gab er sich als Spanier aus, aber wir haben immer nur gemailt und telefoniert, ich bin ihm nie begegnet, keine Ahnung, wie er ausgesehen hat. In den Zeitungen, die über seine Ermordung berichtet haben, gibt es kein einziges Foto von ihm. Ich hatte ihm einen Scheck ausgestellt, auf eine Pariser Adresse, die du vielleicht kennst, du hast ja in Paris gelebt.« Ruben schrieb die Adresse vollständig aus – Rue de la Chaise 27 im siebten Arrondissement – und beendete seine Mail mit den Worten: »Gute Reise, Enrique! Offenbar bist du einem neuen Roman auf der Spur!«

Selbstverständlich konnte ich Rosanna Carriera ignorieren und dem erstaunlichen Baxter nachspüren, diesem Mordopfer, das in meinem neuen Roman mit den offenen Türen ebenso Platz finden würde. Ob diese Türen allzu offen sind?, fragte ich mich, während es Abend wurde über Barcelona und ich hinter einem der Hotelfenster die Silhouette einer Frau erblickte, die in ihrem Zimmer auf und ab ging und mich an Adriana erinnerte. Ich bekam plötzlich Herzklopfen und sah näher hin. Hatte sie mich etwa wieder für eine Nacht verlassen? Nahm ich in unserer Wohnung, in ihrem Leben wirklich so viel Raum ein, dass sie sich entschieden hatte, regelmäßig das Weite zu suchen? Ich nahm mir vor, sie noch an diesem Abend zum Essen auszuführen, obwohl ich seit zehn Jahren höchst widerwillig abends ausging und es wirklich einen bedeutenden Anlass brauchte – der Auftritt eines befreundeten Schauspielers, die Vernissage eines befreundeten Malers, der Geburtstag meiner Schwägerin –, um mich aus dem Haus zu locken. Doch da rief Adriana an, um mir mitzuteilen, in ihrer Galerie sei ein Problem aufgetreten und sie werde erst spät heimkommen. Du hast versucht, mich zu erreichen, sagte sie. Gab es was Dringendes? Ich wollte wissen, ob du noch die Kontaktdaten von

Sofia Hernandez hast, antwortete ich. Zunächst herrschte Schweigen, was für Adriana untypisch war. Ich sehe mal nach, sagte sie schließlich, meine aber, dass ich nichts mehr von ihr habe. Danach witzelte ich: Du bist jetzt aber nicht zufällig im Hotel Miradores? Doch, doch antwortete Adriana und lachte ihr schallendes Lachen, mit allen möglichen Liebhabern, und das nur, weil du so viel Raum einnimmst. Dann wies sie mich auf das Essen im Kühlschrank hin und sagte, sie komme vor Mitternacht heim.

Ob die Türen in mir gelegentlich nicht allzu offen sind, sobald ich einen Roman zu schreiben beginne?, fragte ich mich wieder. Jean Duparc, ein französischer Kritiker der *Monde des livres*, hatte erklärt, dass ich »galante Feste« nachbilde, wo die Figuren, die sich unablässig »in einem verliebt-erotischen Tanz« aufeinander zubewegten, Schriftsteller waren, und dass ich sicher auf dieses Netz aus ständiger und intensiver Kommunikation angewiesen sei, ganz gleich, ob es imaginär war oder real, »vor allem aber imaginär«, wie er schrieb. Manchmal war ich auf eine Progadontablette angewiesen, damit sämtliche Türen aufgingen und ich zu sämtlichen Schriftstellern der Welt Verbindung aufnehmen konnte, manchmal auch nicht. Ich fing an zu schreiben oder saß einfach an meinem Schreibtisch in meiner Wohnung in Barcelona, mit Blick auf das Hotel Miradores, inmitten meines flaschengrünen Teppichbodens, und schon breitete sich eine Art Spinnennetz über Barcelona aus, aber auch über Spanien und dann über Europa und Amerika, das mich mit sämtlichen Büchern verband, die ich liebte und geliebt hatte, aber auch mit mir unbekannten Büchern und mit solchen, die gerade im Werden begriffen waren. Das sind nicht nur die Bedingungen, unter denen ich schreibe, dachte ich, man kann es auch umgekehrt sagen: Dieses Netz erschaffe ich beim Erschaffen.

Nach Einbruch der Dunkelheit geht es mir oft nicht so gut, und ich werde von Ängsten heimgesucht. Wahrscheinlich, weil mir Hiobsbotschaften stets um diese Zeit übermittelt wurden, dachte ich. Sämtliche Fenster des Hotels Miradores waren erleuchtet, als eine neue Mail der unermüdlichen Rosanna Carriera auf meinem Bildschirm erschien. Ich war unschlüssig, ob ich sie öffnen und lesen sollte. Allmählich fühlte ich mich in meiner Auseinandersetzung mit dieser furchterregenden Rosanna etwas alleingelassen, Adriana war nicht da, Freunde wie Alvaro oder Ruben ermutigten mich zu neuen Romanen, anstatt mir im Umgang mit dieser Stalkerin beizustehen. Am Ende siegte meine Neugier: »Ich bin im Hotel Miradores«, schrieb Rosanna. »Keine Sorge, mein Fenster geht nicht zu deinem Arbeitszimmer hinaus, ich kann dich also nicht sehen, aber ich würde mich freuen, mit dir ein Gläschen zu trinken.« Das ist doch die Höhe, dachte ich. Jetzt verfolgt sie mich auch noch und bezieht sogar ein Zimmer direkt gegenüber. Ich überlegte kurz, ob ich die Polizei rufen sollte, was ja wohl zeigt, dass ich nicht ununterbrochen in einem Roman lebe, sagte ich mir. Trotzdem gewann der Roman die Oberhand, denn keine fünf Minuten später hatte ich mir eine Jacke übergezogen und stürzte die Treppe hinunter, wild entschlossen, Rosanna zu treffen und ein klärendes Gespräch mit ihr zu führen.

Pablo Mirès, den ich seit meiner Jugend kannte, ein enger Freund von dem Tag an, als er zu spät zum Unterricht erschienen war und seine Verspätung unserem Philosophielehrer gegenüber damit rechtfertigte, dass er gerade seinen Vater ermordet habe, was unser geliebter Lehrer Alberto Melancholia mit einem ironisch-wohlwollenden griechischen Sinnspruch beantwortet hatte, schien sich am Hoteltresen gründlich zu langweilen, während sein greiser Vater, der nach der angeblichen Ermordung blitzschnell aus seiner Asche aufgestiegen war, dösend vor dem Fernseher saß. Sie führten das Miradores, das seit Generationen vom Vater auf den Sohn überging. Enrique!, rief Pablo, als er mich sah, was führt dich zu uns? Ich suche eine gewisse Rosanna Carriera, die hier abgestiegen ist, sagte ich. Pablo, der seine Rolle mit Hingabe beziehungsweise gern »filmreif« spielte, wie er mir einmal erklärt hatte, ging gleich ein schweres Gästeverzeichnis durch, das mir immer etwas extravagant vorkam, denn das Hotel verfügte nur über ein Dutzend Zimmer. Wie war das noch, Enrique? Carriera? Langsam blätterte er mit der Kuppe seines rechten Zeigefingers, die in einer angefeuchteten Gummihaube steckte, weiter, während er mit seiner linken Hand ein Lineal flach auf die Seite legte und von einem Eintrag zum nächsten schob. Während ich ihm zusah, erinnerte ich mich an die entgeisterte Miene der Schüler an jenem Tag, als er gleich beim Betreten der Klasse mit lauter fester Stimme gesagt hatte: »Verzeihen Sie, Herr Lehrer, ich komme zu spät, weil ich gerade meinen Vater ermordet habe.« Setzen Sie sich, hatte Melancholia lächelnd entgegnet und dann diesen Satz auf Altgriechisch von sich gegeben, den ich offen gesagt nicht recht verstanden hatte.

Pablo spielte für sein Leben gern, und ich wusste, dass es noch ein Weilchen dauern würde, also nahm ich in einem Sessel neben seinem greisen Vater Platz, nachdem ich diesen gegrüßt hatte, und schaute auf den Fernsehbildschirm, zum Glück war der Ton abgestellt, während ich Pablos Gemurmel lauschte: Carrierra, Carriera ... gar nicht so einfach, mein lieber Enrique ... Wir haben so viele Gäste ... Ach hier, wie wäre es mit einer Madame Ibanez? Sie ist vorgestern angekommen, eine reizende Frau ... Lieber Pablo, du betreibst doch kein Bordell, sagte ich, ohne den Blick vom Fernseher zu wenden und unbesorgt, seinen greisen Vater zu schockieren, der stocktaub war. Mit Bordell hat das nichts zu tun, murmelte Pablo, ein Meister im Beiseitesprechen, weiter vor sich hin, aus solchen Begegnungen können aber Romane entstehen, das weißt du doch, Enrique, und ... Lass mich bloß in Ruhe mit diesen Romanen!, rief ich etwas zu laut. Ich habe diese ganzen Freunde satt, die mir gleich mit Romanen kommen, sobald ich nur sage, der Himmel sei blau, ich müsse Salz kaufen oder führe nach Sevilla. Ich möchte eine Frau kontaktieren, die mir geschrieben hat, sie sei in deinem Hotel abgestiegen, mehr nicht. Weiß Adriana Bescheid?, fragte Pablo nun mit der Stimme und Mimik von Humphrey Bogart. Ich seufzte: Beeil dich bitte, Pablo, ich habe viel zu tun.

Natürlich gab es keine Rosanna Carriera. Wie sieht sie denn aus?, fragte mich Pablo in einem normaleren Ton. Keine Ahnung, ich habe sie noch nie gesehen, sagte ich, bisher haben wir bloß Mails ausgetauscht. Pablo zufolge wohnten im Hotel Miradores insgesamt nur zwei französische Paare, das eine um die sechzig, das andere ungefähr Mitte zwanzig, ein Deutscher und ein spanischer Handelsvertreter. Keine einzige alleinstehende Frau, sagte er, und die Französinnen heißen Alice und Pompon. Pompon?, fragte ich erstaunt. Ja, Pompon, sagte Pablo, so nennt ihr Mann sie die ganze Zeit. Wie sind sie denn so?, fragte ich, denn es konnte ja sein, dass Rosanna in Begleitung gekommen war und sich hinter dem Namen Alice oder Pompon verbarg. Die Sechzigjährige ist nett, leicht graues Haar, das ist diese Pompon, sagte Pablo, und die Mittzwanzigerin, Alice, ist ganz süß, aber nichts Besonderes. Da ich Alice vor zwanzig Jahren kaum hätte schwängern können, blieb nur Pompon, die mich der Beschreibung nach ziemlich kalt ließ. Wie hast du sie dir denn vorgestellt?, fragte Pablo. Italienisch, eine zarte, blonde Erscheinung, sagte ich. Mein lieber Enrique, hob Pablo an und klappte mit einer brüsken, äußerst filmreifen Geste sein gewaltiges, in Leder gebundenes Gästeverzeichnis zu, mit diesem Artikel können wir zu unserem größten Bedauern nicht dienen.

Anstatt wieder in meine Wohnung zu gehen, in die Adriana bestimmt noch nicht zurückgekehrt war – als ich den Blick hob, sah ich, dass sämtliche straßenseitigen Räume dunkel waren –, wollte ich lieber noch ein wenig spazieren gehen. Weil ich aber schon so lange in diesem Viertel von Barcelona lebe, kann ich praktisch keinen Fuß auf die Straße setzen, ohne mindestens zehn Bekannten zu begegnen. Paquita und Javier Campos saßen vor dem Café Escriba, mit einem sehr dicken Mann, den Paquita mir als ihren »Onkel aus Córdoba« vorstellte. Woran arbeitest du gerade, Enrique? An einem neuen Roman?, fragte Paquita. Ich suche eine gewisse Rosanna Carriera, sagte ich in einem Ton, der mir seltsam gedämpft erschien, als wäre ich selbst in einen von Pablos Filmen eingegangen und spielte einen durch und durch kaltblütigen, gelassenen Privatdetektiv. Beziehungsweise den Mörder von Emil Baxter. Zu meinem Erstaunen wurde der ausladende Onkel aus Córdoba knallrot, hustete sich schier die Lunge aus dem Leib und warf sein Glas um. Sagt Ihnen dieser Name etwas?, fragte ich und wahrte dabei eine mir völlig unerklärliche Ruhe. Der Onkel aber stand auf, warf dabei seinen Stuhl um und rannte Hals über Kopf, wenn auch schwerfällig davon, ohne dass Paquita oder Javier Anstalten machten, ihn aufzuhalten. Mir hatte es die Sprache verschlagen. Keine Sorge, seufzte Paquita, er ist ein komischer Kauz, aber seine Frau, meine Tante Carmen, war mal die Geliebte von Emil Baxter. Das hat er nie verwunden. Danach unterhielten wir uns über Emil Baxter; weder Paquita noch Javier hatten gewusst, dass er Detektiv gewesen war, sie hatten ihn nur für einen Romanautor gehalten.

Es war kurz vor Mitternacht, und ich sagte mir, dass Adriana inzwischen zu Hause sein müsste oder so gut wie. Als ich die Wohnung betrat, sagte sie als Erstes zu mir, während sie noch im Garderobenschrank zugange war und ihre Jacke aufhängte: Tolle Neuigkeiten! Rosanna Carriera war in der Galerie. Sie wollte ein Gemälde von Salvador Uriende kaufen. Ich lehnte mich, immer noch wie im Film, mit dem Rücken an die Flurwand und brachte damit eine Art von Ergriffenheit zum Ausdruck, was ich sonst nie tat. Wie ist sie denn so?, fragte ich Adriana, nach wie vor mit dieser gedämpften Stimme, und sagte mir, es reicht, du musst raus aus diesem Film, in den Pablo dich mit seinen Kinoimitationen hineinbefördert hat. Sympathisch, antwortete Adriana, um die vierzig, recht hübsch – und Italienerin, fügte sie hinzu. Habt ihr über mich gesprochen? Über ... Fast hätte ich »unser« gesagt und korrigierte mich: dieses Kind?, hauchte ich. Worauf Adriana sich umdrehte. Beruhige dich, Enrique, sagte sie sanft, diese Rosanna

Carriera ist nicht »deine Rosanna Carriera«, natürlich habe ich sie gefragt, ob sie dich kennt und versucht hat, dich zu kontaktieren, aber da schien sie aus allen Wolken zu fallen. Ich habe ihr sogar das mit der Mail erzählt, und sie meinte, dass jemand ihren Namen verwendet hat oder genauso heißt. Offenbar gibt es in Venedig mehrere Rosanna Carrieras.

Als ich in mein Arbeitszimmer ging, aber keine Lust hatte, das Licht anzumachen, fühlte ich mich plötzlich so einsam und hilflos wie dieses eine Mal in meiner Kindheit, als meine Mutter auf ihre Schwester wartete, mit der sie seit dreißig Jahren zerstritten war und die sich zu einer feierlichen Versöhnung angekündigt hatte. Am Vortag hatte meine Mutter die Wohnung auf Hochglanz gebracht und uns angeherrscht, wir sollten sie in Ruhe putzen, die Vorhänge und Teppiche klopfen, die Kupferstiche an den Wänden umhängen, das Familienservice aus dem Keller hochtragen und die Fotos hervorholen lassen. Schon Sonntagfrüh waren wir gestiefelt und gespornt, wie für eine Zeremonie gekleidet, und meine Mutter hatte Speisen und Gebäck für zwanzig Personen bereitet, obwohl Tante Miranda gesagt hatte, sie komme allein. Und dann war Tante Miranda nicht gekommen. Und sie hatte weder Bescheid gegeben noch etwas ausrichten lassen. Wir warteten den ganzen Nachmittag auf sie. Meine Mutter befürchtete, dass sie verunglückt sein könnte. Gegen sechs Uhr abends hatte ich mich in mein Kinderzimmer zurückgezogen und, dachte ich in meinem dunklen Arbeitszimmer, während hinter den erleuchteten Fenstern des Hotels Miradores Silhouetten auf und ab gingen, mich sehr einsam gefühlt und um meiner Mutter willen sehr traurig. Ich hatte begonnen, eine Geschichte zu schreiben, um sie auf andere Gedanken zu bringen, um sie ihren Kummer vergessen zu lassen, und damit einen Gutteil des Abends verbracht, denn sie hatte sich nicht länger um uns gekümmert und war schlafen gegangen.

Während ich in meinem dunklen Arbeitszimmer nachdenklich im Sessel gegenüber dem Fenster verharrte, war ich natürlich versucht, meinen Computer wieder anzumachen. Schließlich hatte ich dieser Rosanna Carriera noch gar nicht geantwortet, dachte ich, es wäre vielleicht ganz ratsam, das zu tun, wenn ich die Sache wirklich aufklären wollte. Von ihr gab es keine neue Nachricht, nur eine Mail von Severo Assura, der sich auf »Autorenresidenz« in Auckland befand und wissen wollte, ob mir der Name Inès Certas bekannt war. Lieber Severo, schrieb ich ihm, nein, dieser Name sagt mir nichts, zumindest nicht auf Anhieb. Im Bewusstsein, dass Zufälle Legion sind, fuhr ich fort: Ich bin meinerseits auf der Suche nach einer gewissen Rosanna Carriera. Sagt dir der Name was? Severo antwortete aber nicht gleich, sodass ich ihn mir eine Weile in Auckland vorstellen konnte, wo ich noch nie gewesen war, aber ich hatte mir nach der Mitteilung, dass Severo dort sechs Monate verbringen würde, Fotos im Internet angesehen. Er hatte beschlossen, diesen großangelegten Roman weiterzuführen, den er zehn Mal angefangen und den ihm zufolge sein Alltag in Cusco zwischen einer Ehefrau, zwei Geliebten und sieben Kindern, die Tätigkeit als Redakteur einer Lokalzeitung noch nicht mal eingerechnet, verunmöglicht hatte. Was hast du nur für ein Glück, Enrique, mit Adriana zusammenzuleben und keine Kinder zu haben, hatte er mir an dem Tag geschrieben, als er mich über diese »Residenz« informierte; ich muss weg, denn allmählich werde ich gar nicht mehr fündig. Weißt du noch, schrieb Severo, wie ich früher nur ein Wort aufzunehmen brauchte und schon schossen tausend gleichzeitige, ineinander verschachtelte Geschichten hervor, inzwischen fällt es mir schwer, überhaupt eines aufzunehmen, und wenn es mir wie durch ein Wunder gelingt, ist darunter nichts zu finden, nichts schießt hervor, nichts sprudelt, ich habe Angst, dass es mit mir vorbei ist, lautete damals Severos trauriger Schlusssatz.

Dass Severo mir eine ultrakurze Mail mit einer nicht näher erläuterten Frage zukommen ließ, beruhigte mich im Hinblick auf seinen Zustand. Das hieß, er arbeitete und benötigte ein Detail, um einen Gedanken oder einen Satz zu artikulieren, es sei denn, überlegte ich plötzlich voller Sorge, dass sich wieder einmal alles um eine Frau drehte, denn Severo konnte weder der Liebe noch dem Verlangen widerstehen. Schon mit siebzehn weckte der Anblick jedes x-beliebigen hübschen Mädchens in ihm die überschwängliche Hoffnung auf eine ideale Verbindung. Die Liebe bringt mich ständig vom Weg ab, sagte er bei unseren stundenlangen Diskussionen im Café zu mir. Zwanzig Jahre lang war es ihm gelungen, diese Liebeskapriolen in sein Werk zu übertragen, bis sich die Rahmenbedingungen für seine Kreativität in ihr Gegenteil verkehrten, und seit zwanzig Jahren war es wieder so, als würde sein Liebesleben ihn »vom Weg abbringen«. Er hatte uns, Adriana und mich, eingeladen, ihn während seines Aufenthalts in Auckland zu besuchen, aber die Stadt schien mir sehr fern von meinem Arbeitszimmer, meinem flaschengrünen Teppichboden, vom Hotel Miradores, und ich reiste nicht mehr so gern, außer zu Festivals, Tagungen und anderen »literarischen Begegnungen«, auf die ich von jeher versessen war, denn allein bei dem Gedanken, mich unters Schriftstellervölkchen zu mischen, eine Zeitlang über Literatur zu reden, war ich derart inspiriert, dass ich schon bei Erhalt der Einladung meistens einen Roman zu schreiben begann.

Als ich mich entschied, Rosanna Carriera zu antworten, war ich ziemlich stolz darauf, anders als in einem Roman handeln zu können, und nahm mir vor, Eva Soares davon zu erzählen. Ich hatte das Gefühl, irgendwie erwachsen zu werden, meinem Großvater zu ähneln, der ein Mann der Tat gewesen war und es angesichts der geheimnisvollen Mail einer geheimnisvollen Frau unerträglich gefunden hätte, nichts zu unternehmen. Mir fiel ein, wie er, als er selbst mal einen anonymen Brief erhalten hatte, dessen Urheberschaft er sogleich seinem heimtückischen Konkurrenten, dem Täschner Juan Gonzales, zuschrieb, mit diesem Brief in der Hand aus dem Haus ging, entschlossen, ihm »gründlich die Meinung zu sagen«, wie er meiner Großmutter feierlich verkündet hatte, die ihn zurückzuhalten versuchte und lauthals flehte: Geh nicht hin, Enrique! (Mein Großvater hieß Enrique.) Er wird dich umbringen! Mein Großvater ließ sich von dieser Warnung jedoch nicht umstimmen und eilte schnurstracks zum Werkstattschuppen von Juan Gonzales. Meine Großmutter und ich streckten den Kopf aus dem Fenster, konnten aber nichts sehen, weil die Tür des Schuppens um die Ecke der Calle Istancia auf eine andere Straße hinausging. Wir hörten, wie Scheibenglas zu Bruch ging. Er bringt ihn um! Er bringt ihn um!, hatte meine Großmutter gerufen, während mein Großvater festen und zufriedenen Schrittes heimkehrte. »Ich habe ihm gründlich die Meinung gesagt«, erklärte er uns gleich beim Eintreten, und ich hegte einen Moment lang den Verdacht, er hätte das Schaufenster seines Konkurrenten Juan Gonzales nur eingeschlagen, um diesen Ausdruck verwenden zu können, »ihm gründlich die Meinung sagen«, der zu seinen Lieblingsausdrücken gehörte.

Ich rief die letzte Mail von Rosanna auf, in der sie mir mitgeteilt hatte, sie sei im Hotel Miradores abgestiegen und warte dort auf mich, klickte auf »Antworten« und schrieb: Liebe Rosanna Carriera. Kurz überlegte ich, ob ich das Wort »Liebe« streichen sollte, das durch nichts gerechtfertigt war, selbst der Gebrauch ihres Namens schien mir unangemessen. Madame, schrieb ich. Ihre drei aufeinanderfolgenden Mails haben mich erstaunt und verstört. Ich weiß nicht, wer Sie sind, wir sind einander nie begegnet, und so kann es sich bei Ihrer Nachricht nur um einen Irrtum handeln. Bitte hören Sie damit auf. Darunter setzte ich meine Initialen, weil mein vollständiger Name mir für diese Art von Austausch plötzlich zu vertraut erschien. Ich las die Mail noch zehnmal durch, als würde ich beim Absenden gleichsam in einen Abgrund springen, dachte ich, oder schlimmer noch, eine Beziehung mit einer Person anbahnen, mit der ich aufgrund ihrer gespensterhaften Anmutung keinesfalls eine Beziehung anbahnen wollte. Nach einem wenige Sekunden währenden inneren Widerstreit beschloss ich, sie nicht gleich zu versenden, sondern im Ordner »Entwürfe« abzuspeichern, was mir ermöglichen würde, sie am nächsten oder sogar übernächsten Tag zu bearbeiten und erst dann mit Rosanna Carriera in Kontakt zu treten, wenn ich mich ganz und gar dazu bereit fühlte.

Es war also noch zu früh, um Eva Soares mitzuteilen, dass ich, anders als sie mir seit Jahren beharrlich unterstellte, unter günstigen Umständen durchaus in der Lage war, außerhalb eines Romans zu handeln. Und da befand ich auf einmal, dass diese Geschichte mit Rosanna Carriera mich blockierte, dass sie ein Element in mein Leben einschleuste, das mich, anstatt weiterzukommen, von den Morgenstunden an im Kreis drehen ließ. Natürlich dachte ich an das Bartleby-Syndrom, unter dem mein Freund Severo seit zwanzig Jahren heftig litt, auch wenn Auckland, wie ich mir sagte, ihn aus unerfindlichen Gründen vielleicht davon heilen würde, und dann dachte ich über den Begriff Fluch nach, über den schwarzen Schatten, den Rosanna Carriera gerade wie ein Netz über mein Leben warf. Mit drei entschlossenen Klicks beförderte ich ihre drei Mails in das Inferno des Papierkorbs, wo sie sogleich zermalmt wurden. So lässt sich die Existenz von Rosanna Carriera zermalmen, dachte ich, fragte mich allerdings zugleich, ob das auch für die Existenz ihrer Tochter galt.

Am Morgen des 8. April, der auch mein Geburtstag war, wachte ich dermaßen zerschlagen auf, dass Adriana, sonst eher unbesorgt, mir empfahl, den Tag draußen zu verbringen, um frische Luft zu schnappen. Hör auf, an diese Carriera zu denken, sagte sie. Früher oder später bekommen wir alle seltsame Mails. Egal, ob es sich um einen Idioten handelt, der dir einen Streich spielen wollte, oder um eine Irre, die von dir besessen ist – markiere die Adresse als »Spam«, öffne die Mails nicht mehr oder ändere deine eigene Adresse. Adriana hatte natürlich recht, aber sie ließ die Unterstützung und vielleicht auch Neugier der Freunde außer Acht, denen ich am Vortag den Namen Rosanna Carriera genannt und überdies anvertraut hatte, dass ich sie suchte. Kaum hatte ich, Adrianas Rat befolgend, auf der Straße gestanden und mir vorgenommen, diesen Tag zu nutzen, um mir eine neue Hose, eine neue Jacke und Schuhe zu kaufen, stürzte Pablo, der mich vom Fenster des Hotels Miradores aus erblickt hatte, keuchend auf mich zu. Ich habe Neuigkeiten von der schönen blonden Italienerin, rief er bereits, ehe er mich erreichte, dabei war ich nur zehn Meter vom Hoteleingang entfernt. Angesichts meiner niedergeschlagenen Miene hielt er jäh inne. Alles Gute zum Geburtstag, Enrique!, sagte er, denn seit unserer Jugend, seit seiner Verkündung, er habe seinen Vater ermordet, und seit Beginn unserer Freundschaft vergaß er nie meinen Geburtstag. Was ist denn los? Schlecht geschlafen? Du siehst heute Morgen so komisch aus. Reine Überarbeitung, Pablo, sagte ich einfach.

Dann erzählte er mir, und ahmte dabei den hinkenden Verbal Kint nach, hinter dem sich der niederträchtige Keyser Söze in *The Usual Suspects* verbirgt, dass um acht Uhr morgens eine »erstaunliche Blondine« – was meinst du mit »erstaunlich«?, fragte ich, führ das mal näher aus, Pablo –, eine schöne, aber etwas seltsame Blondine, sagte er, »als ahmte sie jemanden nach« – was Nachahmungen anging, konnte ich Pablo vertrauen –, sei im Hotel erschienen und habe nach einem gewissen Gustav Rinck gefragt. Wer ist Gustav Rinck, fragte ich meinen Freund, der mich hinkend bis ans Ende der Straße begleitete. Keine Ahnung, sagte Pablo, der steht auch nicht im Gästeverzeichnis, ich habe mir aber erlaubt, und ich hoffe, das macht dir nichts aus, Enrique, sagte er und musterte mein finsteres Gesicht, ihr zu sagen, dass ich vielleicht etwas für sie tun kann, wenn sich hinter diesem Gustav Rinck ein gewisser Enrique Vila-Matas verbirgt. Und was hat sie geantwortet?, fragte ich Pablo, um das Spiel fortzusetzen, denn ich hatte begriffen, dass er in einem seiner unzähligen imaginären Filme spielte. Die Schlampe hat mit den Schultern gezuckt und verächtlich geschmollt, rief Pablo. Und ist dann wortlos abgezogen, schloss ich. Genau, sagte Pablo, aber ich wollte es dich unbedingt wissen lassen, für deinen nächsten Roman.

Jetzt ist Pablo definitiv wahnsinnig geworden, aber dieser Wahnsinn tut mir immer sehr gut, dachte ich auf dem Weg zur Boutique Purificacion Garcia, wo ich so gut wie sicher eine Jacke nach meinem Geschmack finden würde. Ich war deutlich besserer Stimmung als beim Verlassen des Hauses, ich hatte das Gefühl, dass meine Ermittlungen im Fall Rosanna Carriera sich von selbst erledigten, dass sie sich auflösten und durch jenen Roman ersetzt werden würden, von dem alle Welt mir erzählte. Ich war nur noch zwei Schritte von der Boutique entfernt, als ein junges Mädchen, von dem ich annahm, es würde gleich Flugblätter verteilen oder eine Umfrage durchführen, von einer Bank aufstand und direkt auf mich zukam, mit einem breiten Lächeln, das mich ein wenig an Adriana erinnerte. Ich bin Ihre Tochter, sagte sie strahlend, und wir müssen reden.

Gesamtansicht des Frühlings

Als ich nach der Weihnachtszeit mit dem Zug von Ruys-en-Montagnes, wo ich *Einer reist mit* und *Vila-Matas leitet Ermittlungen ein* geschrieben hatte, nach Paris zurückkehrte, dachte ich, es wird Zeit, dass ich mit Vila-Matas abschließe. Noch war ich nicht ganz so weit, und ich hatte Lust, zu diesem Thema einen dritten Text zu schreiben, aber ich sagte mir: Nach diesem dritten Text musst du dir etwas anderes suchen. Es kam der Entscheidung gleich, einen Geliebten, ein Haus oder dieses lieblich grüne, aber auch gestrenge Tal zu verlassen, die Wiege meiner Vorfahren, denn als ich an Weihnachten dort spazieren gegangen war, wurde mir bewusst, dass die Werke von Vila-Matas im Grunde dieselbe Wirkung auf mich gehabt hatten wie diese Wiege der Familie. Im Zug von Clermont nach Paris, aus dem ich eines Tages fast in Nevers ausgestiegen wäre, um mich von meiner ganzen Vergangenheit, meiner Familie loszusagen, und schließlich doch nicht ausgestiegen war, konnte ich nicht anders, als während der dreieinhalbstündigen Fahrt ein gutes Stück von *Doktor Pasavento* zu lesen. Ich stellte keineswegs erstaunt fest, dass meine Liebe zu den Werken von Vila-Matas sich ein kleines bisschen abgeschwächt hatte oder, besser gesagt, dass ich alles daransetzte, sie abzuschwächen, so wie ich mich jahrelang bemüht hatte, die Liebe oder vielleicht auch nur die Erinnerung an die Liebe zu einem Mann abzuschwächen, mit dem ich gebrochen hatte. Meine Methode bestand nicht daraus, meine zauberhaften Erinnerungen aus einem anderen Blickwinkel zu betrachten, um sie zu entzaubern, denn das war unmöglich. Nein, meine Methode, um das Leid möglichst gering zu halten, bestand darin, alles zu meiden, was mich an diesen Mann erinnern würde (Städte, die wir bereist, Landschaften, die wir durchwandert hatten), und vor allem, den Filmstreifen der Erinnerung mit einer imaginären Riesenschere zu zerschneiden. Sobald ein Bild von ihm, von uns sich mir aufdrängte, schnitt ich es im Geiste ab und ließ es in eine Art Papierkorb fallen. Es ging darum, nicht unter der Erinnerung an verlorenes Glück zu leiden, das gerade durch den Verlust intensiver geworden war, und mir zugleich einen neuen Weg zu bahnen, ein neues, freies und offenes Territorium zu erschließen, wo die Erinnerung eben nicht so wuchern würde wie die üppige Pflanzenwelt eines tropischen Regenwalds, die einen nicht von der Stelle kommen lässt. Im Fall von Vila-Matas ging es jedoch um eine andere Sache, sagte ich mir im Zug von Clermont nach Paris, beziehungsweise um die Hälfte derselben Sache. Also nicht um Leid, aber um dieselbe Notwendigkeit, »reinen Tisch« zu machen, mich von einem Zauberbann zu lösen, damit ich von der Stelle kommen konnte. Man ist immer versucht, dem Zauber zu erliegen, wie Rinaldo bei Armida oder Odysseus bei Kirke. Man scheint sogar immer danach zu streben. Aber dann kommt der Moment, da man sich unbedingt davon lösen muss, und somit auch vom Glück, denn wenn man sich ihm ergibt, so steht es in der *Odyssee* oder in *Das befreite Jerusalem*, stirbt man.

Als ich bei der Abfahrt in Clermont *Doktor Pasavento* aufschlug und die vielen Anmerkungen entdeckte, viel mehr als gedacht, überlegte ich, ob es schon zuvor Autoren gab, von denen ich mich mit aller Macht losgelöst hatte, und da fiel mir auf Anhieb Kafka ein. Nachdem ich ihn jahrelang gelesen hatte, ebenfalls rasend schnell, wie ich immer alle meine geliebten Autoren las, in seine Welt eingetaucht, ihr verbunden gewesen war, nachdem sein Name, wenn ihn jemand aussprach, mir so vertraut erschien wie der eines nahen Verwandten oder engen Freundes, nachdem Max Brod, Milena oder Dora für mich wie Cousins gewesen waren, mit denen ich als Kind gespielt hatte, kam irgendwann der Moment, in dem ich feierlich und voller Ehrfurcht beschloss, ihm den Rücken zu kehren. Ich schlug nicht nur kein Buch von Kafka mehr auf, sondern auch keines über Kafka, und wenn ich in einem Werk zufällig auf einen Text stieß, der auf ihn Bezug nahm, blätterte ich weiter, und wenn jemand Kafka sagte, zwang ich mich, diesen Namen nicht mehr zu hören, der gewissermaßen der Name meines Zuhauses gewesen war, ich machte ihn zu einer leeren Hülle, ich entzog ihm meine Erinnerungen. Was dennoch weiterbestand, ohne irgendeinen Weg zu versperren, ganz im Gegenteil, war die Erinnerung an das Wesentliche einer Liebe: vollkommene Übereinstimmung, eine Welt, in der man in seiner geheimsten und wahrhaftigsten Sprache angesprochen wird, eine Begegnung, die einem Gewissheit schenkt, darüber, wer man ist und was man vom Leben erwartet.

Genau so habe ich mit Thomas Bernhard gebrochen, dachte ich im Zug von Clermont nach Paris. Auch mit ihm hatte ich nach einem Dutzend Jahren gebrochen. Aber es war vielleicht doch ein kleines bisschen anders als bei Kafka, dachte ich, bei Bernhard war ich außer mir vor Freude, von ihm aber weniger verschlungen als von Kafka. Ich liebte seinen raffinierten Galopp, eines Dressurpferds der hohen Schule würdig, ich liebte seine wie aus einem Trichter herausgepresste Kraft und ich liebte seine Überheblichkeit, vor allem liebte ich dieses aristokratische Denken voller Abscheu vor Engstirnigkeit, aber ich hatte ihm nie die Zuneigung, die Liebe entgegengebracht, die ich für Kafka hegte, was übrigens meine nicht übermäßig gebildete Großmutter einst, als ich zwanzig war und sie ein großes Foto von ihm an meiner Zimmerwand erblickte, zu der unschuldigen Frage verleitete, ob es sich um »meinen Verehrer« handle.

Ich habe immer mit denen gebrochen, die ich leidenschaftlich liebte, stellte ich überrascht fest. Ich habe sie nie verleugnet, ganz im Gegenteil, ich habe ihnen unbeirrt die Treue gehalten, so sehr, dachte ich, während meine Sitznachbarin Tabucchi las, weswegen ich ihr Profil in der Scheibenspiegelung musterte, dass mein größtes Verbrechen, sollte ich eines Tages von einem Schwurgericht verurteilt werden, die Verleugnung Kafkas wäre. Wer immer mich eines Tages Kafka verleugnen hört, sollte daraus schließen, dass ich sehr tief gefallen bin, dass es mit mir vorbei ist. Seltsam fand ich auch diese Art von Dramatisierung meiner Liebe zu Vila-Matas, der mich verzaubert hatte, das ja, der mich so oft zum Lachen und Lächeln gebracht hatte mit seiner genialischen Ironie, deren akrobatische Kunststücke und Todessprünge ihm so mühelos glückten, dass er selbst gelegentlich darüber staunen dürfte, dass sie mich dazu brachten, in die Hände zu klatschen, mich aber auch zutiefst aufwühlten, wie der Anblick des Hochseilartisten

Philippe Petit, als er lachend auf einem Drahtseil zwischen den Türmen des World Trade Centers tanzte, Vila-Matas, der mich immer dann rührte, wenn ich ganz genau spürte, welcher Satz voller Ängste steckte, und der mich ebenfalls mit seiner Aristokratie verführt hatte, seinem Edelmut, der nichts anderes ist als Intelligenz in höchster Vollendung, ohne die es keine Literatur gäbe. Du solltest bedenken, sagte ich mir, während sich eine Mutter mit ihren beiden präpubertären Töchtern im »Vierer« jenseits des Gangs niedergelassen hatte, dass du niemals Texte über Kafka oder Thomas Bernhard verfasst hast, über Vila-Matas hingegen schon zwei, und bald wirst du einen dritten schreiben. Warum?, fragte ich mich. Etwa, weil er dich aus einer allzu langen literarischen Trauerphase gerettet hat, einer Phase, in der du ständig mit neuen Romanen angefangen hast, ohne sie jemals zu Ende führen zu können?

Nein, war meine Antwort. Sicher könnte man sagen, dass er mich gerettet hat, aber genauso gut könnte man sagen, ich hätte so viele fruchtlose Versuche unternommen, weil ich, seitdem ich wieder den Drang verspürte, zu schreiben, als Thema ihn suchte, ohne zu wissen, dass ich ihn suchte, als hätte ich einen Gegenstand verlegt, was mir damals tatsächlich mit meinem Adressbuch passiert war, und so öffnete ich ständig sämtliche Schränke und Schubladen, stöberte in allen Ecken herum, bis ich auf ihn stieß, so wie ich nach hektischer Suche mein Adressbuch schließlich unter einem weißen Blatt am Fuß meines Computers gefunden hatte. Nein, sagte ich mir, du widmest ihm nicht drei Texte, weil er dich vielleicht gerettet hat, sondern weil du meinst, mit keinem anderen so schön gespielt zu haben.

Was mir bei Vila-Matas auf Anhieb gefallen hatte, waren die Zufälle, der Umstand, dass wir einander unwissentlich immer wieder gestreift hatten. So habe ich zum Beispiel, dachte ich, als ich die ersten Seiten von *Doktor Pasavento* wieder las, in denen er die Rue Vaneau heraufbeschwört und zu einer magischen Straße macht, lange an der Ecke Rue Vaneau und Rue de Babylone gewohnt, wo ich von meinem Fenster im dritten Stock aus einmal erlebte, wie ein Bauarbeiter von einem hohen Fassadengerüst stürzte und doch auf den Füßen landete. In dieser Straße hatte ich eines Tages auch das strahlendste Paar der Welt gesehen: einen reifen, etwa sechzigjährigen Mann und eine schöne blonde junge Frau, die bestimmt eine »verbotene Liebe« einte und deren Glück weithin leuchtete. Weil ich damals verschiedene Namen verwendete, hatte ich mir zwei weitere Briefkästen von der Concierge zuweisen lassen, die über diese Kästen herrschte und das Aufgebot an Identitäten argwöhnisch beäugte. In meinem Wohnhaus führten ein Monsieur und eine Madame Cordechasse, die am Flughafen Orly arbeiteten, ein seltsames, förmlich schlafwandelndes Leben, und jedes Mal, wenn ich von Orly abflog, traf ich einen der beiden, sie bediente an einem der Erfrischungsstände, er dirigierte auf dem Rollfeld mit großen Gesten, die an Morsezeichen erinnerten, die Flugzeuge vor oder zurück.

Aber, sagte ich mir im Zug von Clermont nach Paris und hob den Kopf, nachdem ich den Anfang von *Doktor Pasavento* wieder gelesen hatte, ich entdeckte ja nicht nur Ähnlichkeiten zwischen seinem Garnknäuel und meinem, wenn Vila-Matas über reale oder mutmaßlich reale Dinge schrieb, sondern noch mehr, wenn er imaginäre Dinge beschrieb. Ich trat in seine Imagination ein, als würde er dort mein wahres Leben beschreiben, und viele Orte, die er erfand, hatte ich besucht, an vielen hatte ich gewohnt. Und weil ich mir vorgenommen hatte, mich im Zug von Clermont nach Paris allmählich von seinen Werken zu lösen, suchte ich in *Doktor Pasavento* mit großer Unerbittlichkeit nach überflüssigen, hohlen oder einfallslosen Sätzen. Im Laufe von anderthalb Stunden fand ich genau zwei Sätzchen, und diese Funde waren für mich so traurig wie tröstlich. Ich war traurig, weil ich mich allmählich von einer Liebe löste, was in gewisser Hinsicht wider die Natur geht, gegen unser tiefverwurzeltes Bedürfnis zu lieben, und zugleich hielt ich genau das für unabdingbar, wie einen chirurgischen Eingriff. Offen gesagt, konnte ich gut nachvollziehen, warum diese zwei Sätzchen, so überflüssig, hohl und einfallslos ich sie auch fand, dort standen und was sie so anrührend machte. Denn in diesem Moment, just im Moment dieser beiden Sätzchen, war Vila-Matas durch und durch verängstigt gewesen, er stand am Rande des Abgrunds, befürchtete, er könnte seine sprudelnde Einfallskraft eingebüßt oder sie vielmehr nicht mehr unter Kontrolle haben, und anstatt aufzugeben, hatte er sich für den Gebrauch dieser zwei Sätzchen entschieden, wohl wissend, dass sie hohl und überflüssig, für ihn aber, vorausgesetzt, er schrieb sie nieder, auch das einzige Mittel waren, die Maschine wieder in Gang zu bringen oder nicht explodieren zu lassen. Außerdem dachte ich, dass er die Fahnen seiner Bücher vielleicht gar nicht gegenlas, dass er sich diese sehr langwierige Arbeit, bei der man die erste Druckfassung seines Buches gegenliest, nachdem man den Text bereits beim Schreiben Hunderte Male gelesen hat, lieber schenkte und sie einem Doppelgänger überantwortete, der ebenso hohe Ansprüche hatte, aber auch einen ganz leichten

Hauch von Boshaftigkeit, da er zwei Sätzchen durchgehen ließ, die kein echter Vila-Matas waren.

Was mich allerdings ein wenig beunruhigte, während ich meine Lektüre fortsetzte und der Zug in den Bahnhof von Vichy einfuhr, einer Stadt, wo ich oft diesen Mann getroffen hatte, von dem ich mich eines Tages allmählich entlieben wollte, war, dass der Zauber wieder verfing. Dieser Mann, von dem ich mich hatte entlieben wollen, sagte ich mir, um an etwas anderes zu denken als an Vila-Matas, hatte seinerseits das Gleiche unternommen und sich dabei für die radikale Lösung entschieden: mich nicht mehr zu sehen, nicht mehr mit mir zu reden, nicht mehr mit mir zu korrespondieren. Er hatte meine Kafka-Lösung übernommen: sich vollständig von einer Liebe abzuwenden, die wie ein Zuhause gewesen war. Vichy hat eine düstere Geschichte, gewiss, aber die Villen und Wohnhäuser in dieser Stadt haben die große, cremige Schönheit vom Beginn des letzten Jahrhunderts, und man betritt sie wie einen Film von Jacques Demy oder Alain Resnais. In der uralten Boutique »Les Enfants d'Édouard« unter den Hufeisenbögen des Parc des Sources hatte ich mir einen hübschen, altmodischen blau-grauen Mantel gekauft, der mich von Kopf bis Fuß in eine elegante Kurgängerin verwandelte, in eine »Frau von Welt«, die ich bei meinen Streifzügen durch Vichy mit Vergnügen spielte. Als ich an einem Dezembertag in London die Mutter meines Freundes Mark besuchte, befand sie, dass dieser Mantel, den ich nach wie vor trug, für die Jahreszeit zu dünn sei, und schenkte mir einen wärmeren aus Kamelhaar, was mir erlaubte, wieder in eine neue Rolle zu schlüpfen.

Vichy ist eine dieser Städte, wo ich immer Lust habe, aus dem Zug zu steigen, um wieder ein bisschen an meine Erinnerungen anzuknüpfen, dachte ich, und wo ich es mir immer versage, denn es ist nicht unbedingt ratsam, wie ein Schatten in die Fußstapfen der lebendigen Person zu treten, die man einst gewesen ist. Ich schlug *Doktor Pasavento* für eine Weile zu, um mir die beiden präpubertären Mädchen näher anzusehen, die im »Vierer« jenseits des Gangs ihrer Mutter gegenübersaßen. Schon bei ihrem Einstieg in Clermont war mir aufgefallen, wie schön die Jüngere war, die höchstens zehn sein mochte, aber mit einem Gesicht und einer Figur wie die Miniaturausgabe eines Hollywoodstars. Wobei sie mit ihrem Körper wie mit ihren Gesten eine Reife und Ungezwungenheit ausstrahlte, die ich bei einem Kind für übertrieben und geradezu deplatziert hielt, aber dann dachte ich, dass manche Filmstars als Kind sicher auch schon diese Eigenheit, dieses verstörend Frühreife an sich gehabt haben mussten. Ihre etwa zwölf Jahre alte Schwester war nicht so hübsch, und ich dachte, dass es für sie bestimmt schwer war. Dass die ständige Präsenz dieser kleinen Schwester, deren außergewöhnliche Schönheit alle Blicke auf sich zog, ob hinter einem Bildschirm oder einer aufgeschlagenen Zeitung hervor, ihr bestimmt das Gefühl gab, sie würde sich enorme Mühe geben müssen, um eines Tages selbst gesehen und geliebt zu werden. Doch als ich die beiden eine halbe Stunde später, kurz vor Moulins, wieder ansah, stellte ich fest, dass etwas sehr Seltsames passiert war: Die Jüngere erschien mir immer noch hübsch, aber mit einem Quäntchen Vulgarität, das ihre Schönheit verblassen ließ, während die andere, vielleicht, weil ich sie aus einem anderen Blickwinkel wahrnahm, in Dreiviertelansicht, oder vielleicht, weil sie gerade las, auf mich plötzlich viel schöner wirkte als ihre Schwester, erst recht, da ihr diese Schönheit sicher nicht bewusst war. Komisch, wie die Dinge sich von einem Blick zum nächsten wandeln und sogar zum Gegenteil dessen werden können, was man zuerst gesehen hat, sagte ich mir. Aus dieser Erfahrung, die mich an andere erinnert, ohne dass ich sie benennen könnte, ließe sich wohl eine Lehre ziehen, dachte ich.

Wie so oft im Zug blickte ich aus dem Augenwinkel auf das, was die Leute lasen, lauerte auf den Moment, in dem sie eine Atempause einlegen, die Lektüre kurz unterbrechen, eine etwas andere Haltung einnehmen würden und ich Gelegenheit hätte, den Umschlag zu erspähen und blitzschnell den Titel des Romans oder den Namen des Autors zu entziffern. Oft lasen sie gute Bücher, ausgezeichnete Bücher, so waren in meinem Wagen dieses Zuges von Clermont nach Paris Duras am Werk (*Die Pferdchen von Tarquinia*), Tabucchi (*Erklärt Pereira*) – und ich sah mir den jungen Mann, der diesen genialen Roman las, ganz genau an, mit dem Gedanken, dass er sicher Schriftsteller werden würde, wobei Tabucchi auch von meiner Sitznachbarin gelesen wurde (*Indisches Nachtstück*), während im hinteren Teil des Wagens eine Frau mit Brille den erstaunlich guten *Templemayer* von Virgil Ortex las. Nie war ich im Zug jemandem begegnet, der eines meiner Bücher las. Eine befreundete Romanautorin hatte mir erzählt, ihr sei das dreimal passiert, und ich konnte mir sehr gut vorstellen, wie eigenartig sich das anfühlen muss, vor allem, wenn man kein sehr bekanntes Gesicht hat, da wird man von jemandem gelesen und sitzt ihm direkt gegenüber.

Ich hatte schon immer, sagte ich mir beim Betrachten der Lesenden in meinem Wagen, ein merkwürdiges Verhältnis zur Bekanntheit, denn ich hatte schon immer das Gefühl, eine berühmte Person zu sein, wenn auch im Verborgenen. Deswegen verhielt ich mich bei vielen Anlässen so nett und höflich, ich wollte nicht auffallen, um die anderen nicht mit meiner Berühmtheit zu erschlagen, und deswegen verhielt ich mich bei anderen Anlässen so barsch, erschöpft von dem ständigen Nettsein. Wenn ich mir in Erinnerung rufen will, wann es mit meiner Berühmtheit losging, sagte ich mir, während meine Sitznachbarin in ihrem Tabucchi blätterte und zu einer früheren Passage zurückkehrte, so ist das ziemlich lange her, scheint mir, ich war vielleicht zwölf. Wie das passiert ist, vermag ich nicht zu sagen. Während meiner Präpubertät erwachte ich eines Tages aus einer Art Dämmerschlaf, im Bewusstsein meiner Berühmtheit, und sie resultierte aus einem literarischen Werk, das ich vollendet hatte, gerade vollendete oder noch vollenden würde. Die Frage des Zeitpunkts war nicht das Entscheidende. Es ging sogar noch weiter: Als wären die Kategorien Vergangenheit, Gegenwart und Zukunft, diese eigenartige und willkürliche Zerteilung der Zeit, in Wahrheit unbegründet. Ich war sehr erfreut, als ich von meiner Berühmtheit erfuhr, und nicht überrascht, doch vor allem beherrschte diese mein Leben in dem Sinne, dass sie mir stets Halt gegeben, mich gestärkt, glücklich gemacht und einigermaßen beruhigt hat. Berühmt und im Verborgenen, habe ich stets inkognito gelebt, sagte ich mir. Und dieses Inkognito hat mir immer viel Vergnügen bereitet, denn es ging mit jener unerschütterlichen Gewissheit einher, die kein Gegenbeweis – so viele es gegeben hatte – jemals zunichtemachen oder auch nur ankratzen konnte, dass die Maske eines Tages fallen würde. Und dann würde ich aus meinem Inkognito heraustreten. Alle Welt würde denken: So war das also! Und ich würde alle Welt sehr herzlich begrüßen, wie eine Schauspielerin nach Ende der Vorstellung oder wie jemand, der den anderen gerade in Verkleidung einen Streich gespielt hatte, ohne erkannt zu werden, und nun endlich sein wahres Gesicht zeigte.

In *Doktor Pasavento* erzählt Vila-Matas das Gegenteil, oder vielleicht das Gleiche, aber aus anderer Perspektive, nämlich den Fall eines berühmten Schriftstellers, der seine Berühmtheit satthat und verschwinden will. Dieser Wunsch zu verschwinden ist das Walser-Syndrom. Es ist außerdem das Syndrom jedes ernsthaften Schriftstellers, dachte ich. Und überlegte, ob meine Art, so lange berühmt, wenn auch verborgen zu sein, nicht doch derjenigen dieses berühmten Schriftstellers aus *Doktor Pasavento* ähnelte, der verborgen sein will. Ich verspürte sogar eine leichte Anwandlung von Stolz bei dem Gedanken, dass es mir im Grunde recht gut und recht lange gelungen war, während es dem Schriftsteller bei Vila-Matas schrecklich schwerfällt, seinen Wunsch in die Tat umzusetzen. Während Vila-Matas all dies schildert, kommt er auf Neapel zu sprechen, wo sein berühmter Schriftsteller untergetaucht ist, und der spaziert ständig mit einem roten Mantel in Neapel herum, der natürlich allen ins Auge sticht. Der Zug von Clermont nach Paris hatte Nevers noch nicht erreicht, war sogar noch weit davon entfernt, als mir einfiel, dass ich während meiner Neapelreise mit jenem Mann, von dem ich mich später ganz allmählich entlieben sollte, Vila-Matas' Schriftsteller in seinem roten Mantel hatte vorbeigehen sehen. Ich hatte ihn klar und deutlich gesehen, in Begleitung von Professor Morante, dessen Namen und Eigenschaften, so wie sie in *Doktor Pasavento* beschrieben werden, ich damals natürlich nicht kannte, und zwar just in dem Augenblick, als der Mann, den ich liebte, mich auf einer Caféterrasse fotografierte; das Foto hatte ich später als »Autorinnenporträt« verwendet, wann immer ein Literaturfestival, eine Zeitschrift, eine Zeitung mich um ein »rechtefreies« Foto bat.

Das Foto hatte ich auch meinem Verleger für seine Website gegeben, jenes Foto, das, wie ich mit einer gewissen Verblüffung erkannte, just in dem Moment gemacht worden war, als ich in einer neapolitanischen Straße Vila-Matas' berühmten Schriftsteller mit seinem roten Mantel und in Begleitung von Professor Morante, den er mit Walser verwechselte, gesehen hatte, ohne die beiden überhaupt zu kennen. Mädchen, sagte ich mir, du wirst wirklich Mühe haben, dich diesem Zauber zu entziehen. Da ich riesige Überraschungen sehr liebe, stellte ich mir weiterhin alles Mögliche vor. Mit diesem Mann, den ich in Neapel liebte, war ich natürlich nach Pompeji gefahren. Ich dachte an die Fotos, die er in Pompeji von mir gemacht hatte, dachte daran, wie er, obwohl er zwar kein Schriftsteller war und sich mit dieser Materie auch nicht wirklich auskannte, aber weil er mich liebte, immer sagte: Zögere nicht, wenn du schreibst, gehe weiter, du musst noch weiter gehen, immer weiter, und ich versuchte mich zu entsinnen, ob ich in Pompeji nicht Vila-Matas oder den berühmten verschwindsüchtigen Schriftsteller im roten Mantel gesehen hatte. Ich hätte ja sagen können, aber das wäre eine Erfindung gewesen. Da ich mit mir sehr streng bin, überlegte ich, bevor wir Nevers erreichten, ob ich gut daran tat, *Doktor Pasavento* weiterzulesen, der mich aufs Neue bezauberte und mich schallend auflachen ließ, während meine Tabucchi lesende Sitznachbarin ernst und nachdenklich wirkte. Wenn die Wagentüren in Nevers aufgehen, sagte ich mir, kannst du *Doktor Pasavento* ohne Weiteres auf den Bahnsteig werfen. Ganz diskret, niemand wird dich sehen, in Nevers steigen kaum Leute aus oder ein. Nevers, das ist *Hiroshima mon amour*, ja, und natürlich dachte ich wegen Duras an *Paris hat kein Ende*, außerdem fragte ich mich, ob der Frau, die gerade *Die Pferdchen von Tarquinia* las, überhaupt auffiel, dass Nevers für eine Duras-Leserin durchaus keine alltägliche Station war, und warf ihr einen Blick zu.

Ich habe schon immer den Fluss geliebt, der Nevers ankündigt, wenn man aus Clermont kommt. Er ist immer schön, unabhängig vom Wetter. Ich habe immer Lust, in Nevers auszusteigen, nicht nur auf der Hinfahrt von Paris nach Clermont, wenn ich auf die Idee komme, mit meiner ganzen Familie und mit meiner ganzen Vergangenheit zu brechen, sondern sogar auf der Rückfahrt, um am Ufer der Loire spazieren zu gehen. Ich habe diesem Wunsch nie nachgegeben, weil das Schreiben mich zu sehr beschäftigt. Man könnte meinen, nur das zähle, ich würde mir einen Spaziergang am Ufer der Loire in Nevers lieber wünschen und vorstellen, als ihn wirklich zu machen. Wenn ich es müde bin festzustellen, dass mich allein das Schreiben interessiert, denn tatsächlich ist eine Obsession, eine Monomanie manchmal ermüdend, fällt mir nichts Besseres ein, als in Gedanken am Ufer der Loire in Nevers spazieren zu gehen, dort, wo ich nicht Vila-Matas in seinem absurden und kindlichen roten Mantel erblicke, sondern mein Verlangen, eines Tages mit meiner ganzen Vergangenheit, meiner ganzen Familie zu brechen, was ich nie getan habe.

Denn auch sie habe ich leidenschaftlich geliebt, dachte ich, insbesondere meinen Vater, der einem Buch von Walser ähnelte, der ein Buch von Walser hätte sein können und dessen unergründliche, unüberschaubare innere Struktur auf mich eine Wirkung hatte, die mich bezauberte und der ich mich zugleich mit aller Macht entziehen wollte. Diese Wirkung eines walserianischen Vaters auf seine Tochter – nehmen wir an, Walser hätte eine Tochter gehabt – hatte natürlich etwas Toxisches an sich, und die einzige, die alleinige Möglichkeit, sich ihr, nein, nicht zu entziehen, denn das hätte sehr viel subtilere Verrenkungen erfordert, ihr aber nicht zum Opfer zu fallen, bestand darin, so zu tun, als verbünde man sich mit ihr, also Schriftstellerin zu werden. Schriftstellerin zu sein, dachte ich, aber das ging mir doch zu weit, hieße demnach ja, so zu tun, als verbünde man sich mit dem, was »einen töten kann«. Und dann wäre es sehr schlau, diesem Gemetzel zu entkommen. Vielleicht wollte ich deshalb immer mit allem brechen, was ich leidenschaftlich geliebt hatte, sagte ich mir. Vielleicht will ich deshalb auch mit Vila-Matas brechen. Denn noch vor der Lektüre, vor der Literatur hatte ich diesen Zauber erlebt, dieses Netz aus so zarten, so eigenartigen Fäden, das einen erfasste und in eine Art Trance und zugleich in höchste Aufregung versetzte, einen Zustand vollkommener Glückseligkeit bewirkte.

Ich warf *Doktor Pasavento* nicht auf den Bahnsteig von Nevers, denn ich mag keine großspurigen Gesten. Ich schenkte ihn meiner Sitznachbarin, die Tabucchis *Indisches Nachtstück* beendet und Vila-Matas noch nie gelesen hatte, wie sie mir sagte. Er wird Sie in seinen Bann ziehen, Sie werden sehen, sagte ich. Dann malte ich mir aus, dass meine Sitznachbarin eines Tages selbst schreiben würde, sie würde erzählen, wie eine berühmte, aber verborgene Schriftstellerin ihr während des Halts in Nevers das Buch eines spanischen Schriftstellers überreicht hatte, dessen Namen sie kannte, ohne zuvor etwas von ihm gelesen zu haben. Sie legte *Doktor Pasavento* auf ihren Klapptisch und traute sich noch nicht, ihn aufzuschlagen. Er ist voller Anmerkungen, sagte ich, das stört Sie doch nicht? Aber nein, ganz im Gegenteil, antwortete sie, und da fragte ich mich auf einmal, ob sie nicht selbst eine berühmte verborgene Schriftstellerin war. Als ich mich in meinem Sitz umdrehte, weil ich mir gern ein umfassendes und detailliertes Bild der jeweiligen Lage verschaffe, stellte ich fest, dass die Leserin der *Pferdchen von Tarquinia* tatsächlich in Nevers ausgestiegen war, und schloss daraus, dass sie eine Pilgerfahrt unternahm, was mich hingegen nie gereizt hatte, denn als Schriftstellerin lebt man nicht in echten Städten. Ich hatte mich stets hartnäckig geweigert, nach Prag zu reisen, und es war vollkommen ausgeschlossen, dass ich mich jemals nach Herisau begeben würde.

Die Strecke von Nevers nach Paris ist der beste Teil auf dieser Fahrt, denn der Zug hält dann nirgends mehr und kann wie auch die Zeit ungehindert rasen. Ich ging ein-, zweimal zum Speisewagen, um mir die Beine zu vertreten, und wie immer, wenn ich diese Reihen voller sitzender Leute passierte, musterte ich die Gesichter, die zu mir aufblickten, und überlegte, ob mein Inkognito wirklich perfekt oder ob einigen von ihnen nicht doch ein gewisser Verdacht anzumerken war. Plötzlich wurde mir klar, dass diese Lebensweise einer berühmten verborgenen Schriftstellerin, die ich schon so lange, fast schon ewig praktizierte, wohl die beste Erklärung für meine Art von Beziehung zu anderen Menschen war. Bemühte ich mich etwa, meine Berühmtheit gelegentlich aufblitzen zu lassen, wenn zum Beispiel jemand etwas sagte oder tat, das mich offenbar herabsetzen sollte? Nein, niemals. In solchen Fällen konnte es sein, dass ich mein Inkognito sogar betonte, denn auch so ließ sich die Oberhand gewinnen. Im Speisewagen dachte ich, dass diese Art zu leben ziemlich verrückt und gleichzeitig ziemlich komisch war, und unterdrückte einen Lachkrampf, während ich die vorbeiziehende Landschaft betrachtete und dabei flüchtig mein Gesicht wahrnahm, das sich in der Scheibe spiegelte. Ich dachte an diesen Mann, dem ich bei einem Konzert meines Freundes Mark im Zuschauerraum begegnet war und der, als er merkte, wie sehr ich mich freute, meinen Freund singen zu hören, geradezu erzürnt zu mir sagte: Was macht dich denn so glücklich! Und ich hatte den Eindruck, diese Art von Zorn auch bei anderen Anlässen wachgerufen zu haben. Ich dachte, wäre mein Freund Mark bei mir, hier im Zug, und ich würde ihm erzählen, was mir so durch den Kopf ging, diese ganze Sache mit der berühmten verborgenen Schriftstellerin, hätte er ebenfalls einen Heidenspaß, würde noch einiges hinzudichten, und wir wären dann wie zwei Kinder, die sich vor lauter Freude krumm und schief lachen über den Streich, den sie gerade aller Welt gespielt haben.

Du bist das!, hörte ich plötzlich und dachte sogleich, es wäre ja auch zu schön gewesen, nun ist es so weit, man hat mich erkannt, man hat mich durchschaut. Ich drehte mich langsam von meiner Spiegelung in der Scheibe weg und erblickte eine kleine beleibte Frau, die ganz entzückt wirkte und mich voller Begeisterung ansah. Mir blieb genug Zeit, um zu überlegen, welches meiner Bücher sie wohl gelesen hatte, bevor sie rief, wir seien in einer Klasse gewesen, in der achten, sie habe mich sofort wiedererkannt, ich hätte mich überhaupt nicht verändert, und sie sei Irène, aber ja, Irène, du erinnerst dich doch, und dann gab sie mir zwei schmatzende Küsse auf meine berühmten verborgenen Wangen. Nach dem Wiedersehensjubel gingen wir zu den ernsthaften Dingen über. Was machst du denn so?, fragte mich die fröhliche Irène, und ich dachte natürlich an die einwandfreie Antwort einer Figur von Salinger, eines Schriftstellers, der stets antwortete: »Ich bin Fußpfleger.« Das erschien mir aber gegenüber dieser wiedergefundenen Irène etwas zu gemein, und so stammelte ich nur vage vor mich hin, während Irène mir eröffnete, sie sei Lehrerin in Nevers. Und dann ärgerte ich mich darüber, dass ich sie so ironisch beschrieben hatte – weil in diesem Speisewagen des Zugs von Clermont nach Paris doch gerade mein dritter Text über Vila-Matas mental im Entstehen begriffen war –, und war versucht, mich zu korrigieren. Ich verabscheue diese herablassende Ironie, sagte ich mir, das ist so einfallslos wie abstoßend. Du musst Irène neu einführen, sagte ich mir. Ihre Freude über das Wiedersehen mit einer früheren Klassenkameradin ist rührend.

Doch sosehr ich versuchte, Irène angemessen zu würdigen, ermüdete sie mich schon bald mit ihren Erinnerungen an unsere achte Klasse. Das war ein großartiges Jahr, meinte sie. Für mich weniger, denn in diesem Jahr war meine Mutter gestorben. Sie rief uns die vollständigen Namen der Mädchen aus unserer Klasse in Erinnerung: Sylvie Londeux, Francine Tessard, Aude Chopin, Véronique Malpéla. Und Françoise Paintier, sagte ich. Ja! Françoise! Und sie klatschte in die Hände, was ich übertrieben fand, für das Heraufbeschwören vergangener Zeiten. Tatsächlich, sagte ich mir, hätte ich Vila-Matas vielleicht besser nicht meiner Sitznachbarin gegeben, ich hätte ihn bis Paris behalten und ihr erst bei der Ankunft am Bahnhof von Bercy überreichen sollen, denn ich hatte Lust, mich wieder in Vila-Matas zu vertiefen, um diese Begegnung mit Irène von mir zu waschen. Was für ein Glück, als ich an meinen Platz zurückkehrte, stellte ich fest, dass meine Sitznachbarin verschwunden war, ihre Tasche aber nicht, sie würde also wiederkommen, Vila-Matas hatte sie auf ihrem Klapptisch liegenlassen, genau so wie vorher, sie hatte also keine Zeile gelesen, war nicht neugierig genug gewesen, um einen Blick hinein zu werfen, und so nahm ich ihn wieder an mich und stopfte ihn in meine Tasche, beobachtet von einem Mann in seltsamer Kleidung, von aufgesetzter Eleganz, sehr bewusst ausgewählt, aber vollkommen missraten, und ich dachte sofort, das muss ein Psychoanalytiker sein, denn so kleiden sich die meisten Psychoanalytiker.

Als Violette zurückkam, die sich unvermittelt vorstellte, als sie über mich hinweg stieg: »Violette!« und mir die Hand gab, sprang ihr das Verschwinden von Vila-Matas sofort ins Auge. Da hat jemand das Buch weggenommen, das Sie mir freundlicherweise geschenkt haben, sagte sie entrüstet, richtete sich auf und ließ einen strengen Blick durch den gesamten Wagen schweifen, um eventuell den Dieb zu erspähen, der sich mit seiner Beute davonmachte. Ach, sagte ich zu ihr, Vila-Matas sehnt sich in diesem Buch ohnehin allein danach, zu verschwinden. So gesehen, hätte es nicht besser kommen können. Sie lachte, ohne mich recht zu verstehen, das war ganz natürlich, da sie Vila-Matas noch nie gelesen hatte. Der Psychoanalytiker, der mitangesehen hatte, wie ich das Buch meiner Sitznachbarin in meine Tasche gestopft hatte, verfolgte diesen Austausch mit regem Interesse und belustigtem Blick, und ich dachte auf einmal, dass so etwas unter Umständen Liebe und Begehren wecken kann: Der andere sieht mich eine Straftat begehen, ich weiß, dass er mich gesehen hat, und er weiß, dass ich es weiß, er schweigt, das macht uns zu kriminellen Komplizen und das ist erotisch. Er war dermaßen schlecht angezogen, dass ich nicht die geringste erotische Anziehung empfinden konnte, und ich dachte, vielleicht kleiden sich Psychoanalytiker meistens so schlecht, um auf ihre Patienten keine erotische Anziehung auszuüben. Sie waren von Eleganz besessen, sie wollten unbedingt elegant sein, dabei hatten sie für Eleganz nicht den geringsten Sinn. Ich fragte mich sogar, ob manch ein Psychoanalytiker nur Psychoanalytiker geworden war, um herauszufinden, was Eleganz ausmachte.

Violette und ich unterhielten uns eine Weile über den Raub des Vila-Matas, ich merkte, dass sie mich kurz im Verdacht hatte, diesen höchst beleidigenden Verdacht aber gleich wieder verwarf. Eigentlich ist es doch ganz schön, dass es noch Leute gibt, die Bücher stehlen, sagte ich. Eine Ansicht, der sie schließlich beipflichtete. Und ich gestehe, dass ich froh war, das Buch wieder an mich genommen zu haben. Froh zu wissen, dass ich zu Hause beim Auspacken Vila-Matas hervorholen und ihn zu den anderen stecken oder ihn auf einen Tisch, ein Sofa würde legen können. Sicher, die Lektüre wollte ich einstellen, aber er konnte ja trotzdem weiterhin bei mir leben, in meinen Regalen, wo übrigens auch die Kafkas oder Bernhards lebten. Ich sagte mir, es sei geradezu grotesk, dass ich Violette bestohlen hatte, es sei kindisch, lächerlich und etwas beschämend. Wäre mein Freund Mark hier gewesen, dachte ich, hätte er mich davon abgehalten. Und mir fiel ein, dass er eine vergleichbare Tat, die ich im Sommer 2009 begangen hatte, in Bausch und Bogen verurteilt hatte: In einer nach allen Seiten hin offenen Bergkapelle hing ein Farbdruck mit einer ergreifenden Darstellung der Jungfrau Maria. Damals war ich zwischen diesen zwei Lieben hin und her gezogen, die eine ging zu Ende, die andere begann, aber beide waren gleich stark und furchteinflößend. Ich stahl die Jungfrau und floh mit ihr in meinem Auto zu einem See. Ich ließ sie im Auto und legte mich am See ins Gras, wobei ich mich wegen dieser allzu leichten Beute, dieses Verrats angesichts einer derart von Vertrauen erfüllten Kapelle, in der sämtliche Türen offen standen, schrecklich schuldig fühlte und zugleich das merkwürdige Gefühl hatte, dass diese Tat, die nicht nur Diebstahl, sondern auch eine Art Sakrileg war, mir erlauben würde, mich zwischen meinen beiden Lieben zu entscheiden. Was dann tatsächlich der Fall war, sagte ich mir, während Violette, die ohne Tabucchi auskommen musste, da sie ihn ausgelesen hatte, und ohne Vila-Matas, da er verschwunden war, zum Fenster hinausblickte.

Doktor Pasavento machte allmählich seine Lichter aus, wurde in den Tiefen meiner Tasche immer dunkler und bescheidener, wie jedes x-beliebige Buch, wobei keines der Bücher, die ich behalte und meiner Bibliothek einverleibe, ein »x-beliebiges« ist, sagte ich mir, wenn sie in meine Bibliothek eingehen, sind sie für mich auf die eine oder andere Weise von Bedeutung gewesen. In einer Anwandlung mütterlicher Zärtlichkeit, vielleicht, weil ich gerade die Jungfrau Maria und diesen Farbdruck erwähnt hatte, auf dem sie wirklich reizend aussah und den ich tatsächlich in meiner Bibliothek aufgehängt hatte, bevor ich ihn eines Tages restaurieren ließ und in seine Bergkapelle zurückbrachte, öffnete ich die Tasche einen Spalt weit, damit *Doktor Pasavento* Luft bekam, und der Psychoanalytiker sah mir interessiert zu. Ob er begreift, dass ich meine Tasche eben geöffnet habe, um ihn noch ein wenig leben zu lassen?, fragte ich mich. Ich musterte sein albernes Brillengestell, seine bestimmt sehr teuren Schuhe, die allerdings aus irgendeinem Grund überhaupt nicht zu seiner Hose passten, und dachte, ja, trotz alledem könnte er es begriffen haben. Ich traue den Leuten immer viel zu, sagte ich mir, ich gehe immer davon aus, dass sie selbst meine komplexesten Beweggründe erkennen und diese gutheißen, aber das liegt daran, dass ich zu sehr von meinem Vater geliebt wurde, der mich in fast allem verstand und fast alles bei mir guthieß. Fast, sagte ich mir, denn im Grunde gab es nur eines, das er bei mir nicht guthieß, nämlich mein freies Liebesleben. Das missbilligte er im Stillen, ganz diskret, senkte leicht den Kopf und verlieh seiner Unzufriedenheit einen Ausdruck, der dem meiner Großmutter ähnelte, stumm und rosig vor Missvergnügen. Er hätte es so gern gehabt, dass ich heirate, dachte ich, gegen die Ehe hatte er nicht das Geringste, ganz im Gegenteil. Seine Vorstellung von Liebe war mit der Ehe verknüpft. Die Möglichkeit einer Liebe ohne Heirat verzog bei ihm eine empfindliche, eine moralische Saite, sie widerte ihn zutiefst an, warum, konnte er selbst nicht so recht verstehen. Weil er die Vorstellung hatte, dass man die Liebe heiligen müsse, dachte ich. Und ich fand diese Vorstellung, diesen altüberlieferten Glauben, dessen Verhöhnung ihn wahrhaft schmerzte, ihn vielleicht sogar verletzte, sehr schön.

Als der Zug von Clermont nach Paris durch die Banlieus fuhr, dachte ich, dass ich aus dieser Vila-Matas-Verzauberung einen ganzen Roman gemacht hatte und dass er mir, so wie ich ihn kannte, bestimmt mit einem Buch antworten würde, auf das ich wiederum mit einem Buch antworten würde, unsere Bücher würden die Pyrenäen in beide Richtungen überwinden, es wäre eine neue Art von schriftstellerischer Korrespondenz. Ich dachte außerdem, dass mein Buch ihn befremden könnte. Dank Stendhal, einem Schriftsteller, den ich nie besonders mochte, habe ich irgendwann gelernt, mich »in den anderen hineinzuversetzen«. Darüber hatte er irgendwo geschrieben, ich weiß nicht mehr, in welchem Buch, über die Notwendigkeit, sich gelegentlich »in den anderen hineinzuversetzen«. Und seither schrieb ich zum Beispiel alle meine Mails auf diese Weise. Wenn ich jemandem etwas mitzuteilen hatte, versetzte ich mich in ihn hinein, oder versetzte vielmehr mein Gegenüber in mich hinein. Schrieb ich »chère Florence«, dachte ich dabei »chère Anne« und überlegte, ob ich mich als Empfängerin über diese Mail freuen würde. Sehr oft musste ich meine erste Fassung korrigieren. Und dann überlegte ich, ob Vila-Matas wirklich existierte, ob er nicht eher eine Romanfigur war. Wovon ich im Grunde ausgehe, sagte ich mir. Am Ende, noch bevor ich mit dem gestohlenen, verborgenen *Doktor Pasavento* in meiner Tasche und mit meinem dritten Textprojekt über Vila-Matas im Kopf am Bahnhof von Bercy ausstieg, überglücklich, gleich wieder in Paris zu sein, dort wieder die Taxis, die Sprache, die Luftverschmutzung vorzufinden, die eiligen Schritte aller Passanten, die Härte und Aggressivität eines jeden, dachte ich, dass Vila-Matas Schriftsteller und Romanfigur geworden war, genau wie Robert Walser. Und ich dachte, wenn ich es ihm sagte, würde er sich freuen.

Quellennachweise

Alle hier zitierten Romane von Enrique Vila-Matas sind in der deutschen Übersetzung von Petra Strien bei Nagel & Kimche und in der Anderen Bibliothek/Aufbau Verlag erschienen.

Das Zitat aus *Giacomo Joyce* von James Joyce stammt aus der deutschen Übersetzung von Klaus Reichert, erschienen 1968 bei Suhrkamp.

Anregung fand die Übersetzerin auch bei Roland Barthes, *Proust, Aufsätze und Notizen*. Herausgegeben von Bernard Comment, aus dem Französischen von Horst Brühmann und Bernd Schwibs, erschienen 2022 bei Suhrkamp.

Anne Serre, geboren 1960 in Bordeaux, hat seit ihrem Romandebüt 1992 sechzehn Romane und Bände mit Kurzgeschichten veröffentlicht. Für *Im Herzen eines goldenen Sommers,* ihre erste Veröffentlichung auf Deutsch, erhielt sie 2020 den Prix Goncourt de la Nouvelle. Zuletzt erschien auf Deutsch bei Berenberg der Roman *Die Gouvernanten* (2023).

Patricia Klobusiczky, geboren 1968 in Berlin, übersetzt aus dem Französischen und Englischen, neben den Büchern von Anne Serre u. a. Werke von Louise de Vilmorin, Marie Darrieussecq, Ruth Zylberman, William Boyd und Petina Gappah.

Anne Serre
Die Gouvernanten
Roman
96 Seiten
Aus dem Französischen von
Patricia Klobusiczky
ISBN 978-3-949203-67-1
Auch als E-Book

Sie sind zu dritt, und in dieser abgeschiedenen Villa hinter hohen Bäumen sind sie die Königinnen: die Gouvernanten. Auf die Erziehung der ihnen anvertrauten Jungen geben sie wenig, lieber lassen sie sich melancholisch durch die hellen Tage treiben. Manchmal zieht es sie zum goldenen Tor, das ihr Reich begrenzt, wo sich, wild vor Verlangen, die Männer drängeln. Erhört werden sie alle nicht, denn hier stellen die Gouvernanten die Regeln auf. Verliert sich aber ein Fremder in den Garten, gehen sie wie im Rausch auf die Jagd, richten den Ahnungslosen unerbittlich zu, mit Küssen und mit Bissen. Und all das vor den Augen des Nachbarn, der die angebeteten Frauen mit seinem Fernrohr auf Schritt und Tritt verfolgt … Mit Eleganz und dunkler Sinnlichkeit, und durchaus mit subtiler Komik, erzählt Anne Serre in diesem fantastischen Märchen von der Macht der Blicke und von weiblichem Begehren.

»Mit welcher Fülle an Einfällen Anne Serre diese fantastische Welt durchquert und in Bewegung hält, hat etwas Zauberisches und Zirzensisches … ›Die Gouvernanten‹ sind das Kabinettstück der Saison.«
Gregor Dotzauer, Tagesspiegel

Die Originalausgabe erschien 2017 unter dem Titel
Voyage avec Vila-Matas bei Mercure de France.

MIX
Papier | Fördert gute Waldnutzung
FSC® C089473
FSC www.fsc.org

Konzeption | Gestaltung: Antje Haack | www.lichten.com
Satz | Herstellung: Büro für Gedrucktes, Beate Zimmermanns
Abbildungsnachweise: Einbandvorderseite von plainpicture/Bildhuset/
Johanna Norin, Einbandrückseite von Adobe Stock/Yann Audic
Reproduktion: Frische Grafik, Hamburg
Druck | Bindung: Beltz Grafische Betriebe, Bad Langensalza
Printed in Germany
ISBN 978-3-911327-04-6

Kontaktadresse nach EU-Produktsicherheitsverordnung:
info@berenberg-verlag.de